全国教育系统师德培训重要辅助材料

做党和人民满意的"四有"好老师

——"寻找身边的'张丽莉'"
大型公益活动电视报道集锦

中国教育电视台　编

教育科学出版社
·北 京·

出　版　人　所广一
责任编辑　孔明丽　梁　爽
版式设计　沈晓萌
责任校对　贾静芳
责任印制　叶小峰

图书在版编目（CIP）数据

做党和人民满意的"四有"好老师："寻找身边的
'张丽莉'"大型公益活动电视报道集锦／中国教育电
视台编：—北京：教育科学出版社，2015.7
　　ISBN 978 - 7 - 5041 - 9825 - 9

　　Ⅰ.①做…　Ⅱ.①中…　Ⅲ.①电视新闻—新闻报道—
作品集—中国—当代　Ⅳ.①I253

　　中国版本图书馆 CIP 数据核字（2015）第 172652 号

做党和人民满意的"四有"好老师——"寻找身边的'张丽莉'"大型公益活动电视报道集锦
ZUO DANG HE RENMIN MANYI DE SIYOU HAOLAOSHI

出版发行　教育科学出版社

社　　址　北京·朝阳区安慧北里安园甲9号　　市场部电话　010 - 64989009
邮　　编　100101　　　　　　　　　　　　　　编辑部电话　010 - 64981321
传　　真　010 - 64891796　　　　　　　　　　网　　址　http://www.esph.com.cn

经　　销　各地新华书店
制　　作　北京博祥图文设计中心
印　　刷　保定市中画美凯印刷有限公司
开　　本　169 毫米×239 毫米　16 开　　　　版　　次　2015 年 8 月第 1 版
印　　张　15.25　　　　　　　　　　　　　　印　　次　2015 年 8 月第 1 次印刷
字　　数　226 千　　　　　　　　　　　　　　定　　价　48.00 元（含光盘）

前　言

　　如果说"中国梦"是实现国家富强、民族振兴、人民幸福的梦，那么"教育梦"就是实现"中国梦"的基石；如果说"教育梦"是有教无类、因材施教、终身学习、人人成才的梦，那么教师就是实现"教育梦"的奠基者。没有高水平的教师，就没有高质量的教育；有了高素质的教师，才能实现教育梦。正因如此，党和国家始终把加强教师队伍建设作为教育事业最重要的基础工作来抓。党的十八大强调，要"加强教师队伍建设，提高师德水平和业务能力，增强教师教书育人的荣誉感和责任感"。在第三十个教师节到来之时，习近平总书记号召全国广大教师做有理想信念、有道德情操、有扎实学识、有仁爱之心的"四有"好老师。

　　为了贯彻十八大精神，不负习近平总书记对广大人民教师提出的殷切希望，深入落实《国家中长期教育改革和发展规划纲要（2010—2020 年）》，经教育部部领导批准，2013 年初，教育部教师工作司与中国教育电视台联合启动了"寻找身边的'张丽莉'"大型公益活动。活动旨在宣传和展现一批"张丽莉"式的优秀教师，进一步激励广大教师：怀大爱之心，关心学生、倾心育人，争做"四有"好老师，努力成为真的追寻者、善的传播者、美的创造者、爱的践行者；立敬业之志，树立崇高的职业理想和坚定的职业信念，把全部精力和满腔真情献给教育事业;树笃学之风,重视自身修养和言传身教,不断提高教书育人的本领,以渊博学识和专业水准培养学生;鼓创新之勇,勇于投身教育改革创新实践,更新教育观念,改革教学内容、方法和手段,激发学生的学习兴趣和动力;行为师之范,自觉加强师德修养,用自己的高尚人格影响学生、教育学生,创造出无愧于人民、无愧于时代、无愧于历史的业绩。

自 2013 年初到 2015 年 5 月,"寻找身边的'张丽莉'"大型公益活动已经连续举办了两季,吸引了全国数万学校、百万教师、千万学生参与。活动把对话交流、直观呈现作为主要形式,强化网络直播、微博微信互动等网络互动形式,新颖活泼、特色鲜明。虽然不进行评比、表彰,但激发了人们对身边事、身边人、身边美的关注。截至 2015 年 5 月,教育部教师工作司和中国教育电视台先后派出记者二百人次,行程二十余万公里,深入到山区、海岛、边疆等学校采访,利用电视、网络、手机和报纸宣传了二百余名"张丽莉"式的"四有"优秀教师。这些教师是社会中平凡的人、学校里普通的教师,但事迹感人,境界高尚。他们的优秀事迹通过记者采访编辑制作成电视专题节目在中国教育电视台播出。

应师生和观众的要求,活动主办方将新闻纪实片《张丽莉》和"寻找身边的'张丽莉'"大型公益活动第一季、第二季举办期间部分在中国教育电视台播出的优秀教师专题故事汇编成册,旨在把这些闪光点凝聚成弘扬人民教师高尚师德、传递立德树人精神的正能量。

目　录

一、新闻纪实片 《张丽莉》

【引子】

【配音】5月的佳木斯，杏花谢了，丁香盛开。而2012年的5月，这座英雄辈出的城市，花香沁透了整个中国。1966年3月15日，中国人民解放军驻佳木斯某部战士刘英俊，舍身拦惊马，为救6名儿童献出了年仅22岁的生命。

【字幕】刘英俊纪念馆

【配音】英雄的精神感召了几代人！46年后的今天，佳木斯市第十九中学女教师张丽莉，生死攸关之际挺身而出，车轮之下勇救4名学生，而年仅29岁的她却永远失去了双腿。最美女教师的伟大壮举震撼了整个社会，英雄的行列中又扬起了一座时代的风帆！

新闻纪实片《张丽莉》（上）

【配音】这是位于佳木斯市东部的胜利路，它的北侧是佳木斯市第四中学。2011 年，因为校舍改建，这里成了佳木斯市第十九中学的临时教学点。2012 年 5 月 8 日晚，张丽莉像往常一样，下课后护送学生离校。

【配音】此时的校门前人头攒动，而谁也没有想到，一场惨剧即将发生！瞬间，停在四中门前的一辆大客车突然失控，撞向路边停着的另一辆客车，两辆客车直奔学生冲去。危急关头，本可与客车擦肩而过、躲开逃生的张丽莉，冲到车前用身体顶开两名学生，又用双手推开另外两名学生，而自己却倒在车轮下。

【配音】一时间，现场惊呆了的人们迅速拨打了 12 个 120 急救电话。

【2012 年 5 月 8 日　120 报警电话录音】

【同期录音】造纸中学（四中）这块儿撞车了，有孩子伤了。几个人？好几个呢。

【当事人讲述：佳木斯第十九中学学生郑童】当时很多人说（被撞的）是三班的班主任张丽莉，我不信，就往前走，结果看见我们老师的两条腿在前车轮的下边，脑袋朝着教学楼，在那儿躺着，她的裤子上边——她穿的是牛仔裤——已经磨烂了。

【当事人讲述：佳木斯第十九中学教师王筱芊】5 月 8 日那天，其实对我来说是挺沉重的一天，事发的时候，我在现场。当时丽莉很清醒，没等我开口，丽莉就问我孩子们怎么样。我说你放心吧，孩子们没有事，都是轻伤，擦破的，有些轻微的骨折。我问她疼不疼，她说不疼，当时她的气息已经很微弱了。我就把丽莉的身体放平了。平躺下之后，她就说她气有点不够用了，那个时候就感觉情况好像不太好。

【当事人讲述：佳木斯市 120 通讯科科长郑东方】我们派了两台车。一台车在这一区有一个站，这个站（离现场）非常近，两三分钟到达现场；还有一台车是从我们这里出去的，大约四分钟就到了。

【当事人讲述：原佳木斯市 120 院医生杨丙富】（她当时）挺痛苦的，但没有哭，要我说她挺坚强的。因为她跟我说的第一句话就是我的学生怎么样了，我说你的学生挺好。要不怎么说我们是最先感动的人呢。张丽莉老师的学生跟我说："要不是我的老师推了我一把，我肯定比她（伤得）重得多，我的老师很伟大！"

【虚化模拟画面＋120同期声】

【配音】21时5分，120急救车停在了佳木斯市中心医院门前。此时的佳木斯市中心医院立即启动了突发事件紧急预案。经各科室专家的紧急会诊确认，张丽莉共有双下肢碾压性损伤、胸11椎体压缩性骨折、骨盆骨折、多根肋骨骨折、连枷胸、右侧气胸、心脏损伤、失血性休克八处之多的惨烈损伤，必须马上进行截肢手术，才有希望保住生命。此时的张丽莉已经处于休克状态，生命垂危！市领导当即做出决定：不惜代价，全力救治！

【当事人讲述：佳木斯市第十九中学校长殷春霞】我就问了一句："刘院长，（张丽莉）能不能下这个手术台？"当时刘院长就说："殷校长，你放心。你们这位老师真是太好了，我们在抢救的时候，她还在说'我还能不能当老师？孩子怎么样了？'。"

【当事人讲述：佳木斯市中心医院院长曹洪涛】过段时间肢体坏死组织吸收，各器官功能衰竭，然后感染控制不住，双下肢保不住还得截肢，有些人生命就（这样）没了。应该说，像这样的伤员在地震、在战场见得比较多，在平常的生活、工作当中是很少见的。

【当事人讲述：张丽莉父亲张爱东】（医院）那个签字（程序）还挺残酷的，（单子）写着必须怎样怎样……那一夜不知道怎么过的……

【当事人讲述：张丽莉爱人李梓烨】那时候才是最害怕的时候。你什么都不知道、什么都做不了的时候，也是最无力、最无助的时候。你就是有劲，也没地方使，很难受的。

【配音】手术从当晚23时30分开始，历时5个半小时。直至次日凌晨5点多，张丽莉被推进了佳木斯市中心医院的ICU重症监护病房。

【当事人讲述：佳木斯市中心医院ICU护士长栾卫红】我们平时看见的都是比较完整的肢体，冷不丁看到一个非常短小的躯体，我心里非常震撼，特别难过，眼泪就在眼眶里打转。因为太遗憾了，而且丽莉特别漂亮、特别美。

【配音】5月8日的夜晚，张丽莉1米68的高挑身材，永远定格成了保护学生的坚固高墙。失去双腿且生命垂危，这个事实让平时就爱她疼她的师生、亲人们怎么也接受不了。

【当事人讲述：佳木斯市第十九中学学生薛庭政】早上上早自习时，我们班主任正讲着课，突然转过来了，然后就有点失声，忍不住哭了。他哭了，底下同学也憋不住了，心里也都很难受。我还记得我那个时候坐在第一桌靠窗户的位置，我不想哭，就一直望着天，也在那里忍着，反正那一天过得都挺难受的。

【当事人讲述：佳木斯市第十九中学教师张丽波】丽莉出事那一天，还跟我听了两节课，上午听了一节，下午听了一节。其实我们带初三特别忙，每个人的课都很多，但是丽莉还是坚持听课，比任何一个人（做得）都要好。她很好学，也很虚心，要不她的进步怎么会那么大？你想想这个班的孩子（的心情），昨天老师还坐在这听课呢，今天就听说这样一个结果。我上这节课的时候，心情很不好，也没有什么精气神给他们上课，下面有的孩子还坐在那儿哭。

【当事人讲述：佳木斯市第十九中学副校长靳艳萍】（出事后）我第一次看到她（丽莉）是在（佳木斯市）中心医院的 ICU。带着两个孩子去看她的时候，她还在昏迷中。听医生讲，她昏迷的时候几天都没有动，没有知觉了。我和她班上的两个孩子隔着玻璃叫她的时候，我看到她动了，当时我就觉得这是孩子们和老师的心灵感应。

【当事人讲述：佳木斯市第十九中学学生闫泓佚】当时看到（张老师）没有腿了，我还有张佳岩、路星光，我们仨就都哭了。

【2012 年 5 月 11 日《新闻联播》节目 + 字幕】

【央视新闻同期】5 月 8 日晚上，在黑龙江省佳木斯市第四中学的门前，正当一群学生准备过马路的时候，一辆客车却突然失控冲了过来，危急时刻，本可以躲开逃生的 29 岁的女教师张丽莉，奋不顾身地去救学生，自己却被卷入车轮下。

【配音】2012 年 5 月 11 日晚，中央电视台在《新闻联播》中播出新闻《年轻女教师为救学生失双腿》。节目一经播出，立即引起了全社会的热烈反响。从这时起，全中国人民记住了这个英雄的名字——张丽莉！各级党政领导做出决定，全力以赴做好救治工作，并开展向张丽莉学习的活动。

【配音 + 网页画面】一时间，年轻女教师张丽莉的英雄壮举，犹如一道道强烈的冲击波，震撼着人们的心灵，大家纷纷通过各种方式表达由衷的感动、祝福和期盼。

仅仅三天，新浪、网易、腾讯等国内各大网站就都自发地将张丽莉的事迹放到了醒目的位置。百度"佳木斯吧"有关张丽莉的帖子有数十条，点击量达 6 万人次。新浪微博关于"最美教师"的话题讨论，有 10 万人参与。

【配音】而此时，躺在 ICU 重症监护病房里的张丽莉，还不知道自己已经失去了双腿。

【当事人讲述：佳木斯市中心医院 ICU 护士长栾卫红】我就跟我们护士说，咱们抬床单的时候，大家千万保护好丽莉的腿，千万不要让她受到更多的（痛苦），不要加深她的伤痛。然后大家都是这样（做的）。其实当时心里头都是非常难过的。

【配音】在佳木斯市中心医院的 ICU 病房里，张丽莉每次都是短暂醒来，由于插管不能说话，她就和护士用一块小板子进行沟通。

【当事人讲述：佳木斯市中心医院 ICU 护士长栾卫红】丽莉写字还是非常漂亮的，她每次（和我们）交流的内容真是让我既难过，又非常感动。难过的是，在那种情况下，她很想了解自己的病情，但是我们还不敢告诉她，只能尽量地隐瞒。非常感动的是，她在这种非常困难、非常疼痛、非常难忍的时候，她惦记的还是她的学生、她的学校、她的课堂。

【配音】经过 98 个小时的急救，5 月 12 日下午 5 点，由黑龙江省卫生厅组织的专家组对张丽莉再次进行会诊，结论是张丽莉输血总量已达到 10 800 毫升，尚未度过危险期。

【当事人讲述：佳木斯市人民政府副市长朱晓峰】应当说佳木斯中心医院在第一时间组织 ICU、胸外、骨外等多科医生制订了很好的抢救方案，保证了抢救的及时。后来省里来的专家对佳木斯的救治工作做了六个字的评价，就是"及时、准确、可靠"。

【配音】由于张丽莉的病情存在恶化趋势，为了更好地调动全国的医疗救治力量，专家组一致决定将张丽莉转至哈尔滨医科大学附属第一医院救治。

【当事人讲述：哈尔滨医科大学附属第一医院副院长王永晨】从我们目前检查所得出的结论（来看），现在这个病人（的病情）有进一步加重的趋势，但她的生命体征仍然处于平稳状态。

【当事人讲述：佳木斯市中心医院院长曹洪涛】我们专家组一致认为（应）转到哈医大进行下一步的治疗。

【配音】转院工作于 2012 年 5 月 12 日 22 点 50 分正式开始，佳木斯市委书记王兆力和省卫生厅厅长赵忠厚亲自带队。

【黑龙江电视台现场报道+字幕】为了保证丽莉老师从佳木斯到哈尔滨一路上行程畅通，院方专门准备了两辆设备非常完善的120救护车，而且一路上有五位哈医大的专家以及佳木斯市中心医院的两位医生、两位护士陪同护送。

【5月12日黑龙江交通广播现场直播+字幕】（黑龙江省998广播电台开通了4个小时的全程直播）北京时间的22点45分，欢迎收音机前的听众朋友、驾驶员朋友，继续关注FM99.8龙广交通台。您现在听到的是我们临时推出的特别直播节目"你的勇敢如此美丽"，我是主持人蒋重。我们的最美教师张丽莉老师今天晚上即将从佳木斯转院到哈尔滨进行进一步的治疗。邹韵，你好。你好，欣丽。现在我们都非常关心张丽莉老师，知道她（情况）比较平稳，但是没有完全脱离生命危险。

【当事人讲述：黑龙江人民广播电台新闻中心记者邹韵】佳木斯是一个北方城市，5月份其实还是乍暖还寒的时候，晚上还是有点冷的，所以基本上到了（晚上）9点钟左右，街上是没有人的。但是，张丽莉转院的那天晚上，将近晚上11点了，（街上）人特别多，真的是特别多，我目测了一下，怎么也有上千人。

【当事人讲述：市民1】听到这个消息，提前就过来了，看一下丽莉老师。

【当事人讲述：市民2】我们佳木斯是一个英雄的城市，出过刘英俊，又出了丽莉老师，真的很伟大。她能够（为了学生）舍生忘死，祝她好运。

【配音】在转院过程中，沿途所有市县医院的ICU病房全部开放，急救车辆在途中待命。省交警总队沿途统一调节交通信号，确保抢救生命之路畅通无阻。哈尔滨市交警支队党委还出动警车引导护送，沿途的司机也自发承担起探路的任务。

【黑龙江台新闻市民讲述自发探路同期声】听了交通广播，我当时的感觉是一个很平常的人做出了一件非常不平常的事，我是不是能为她做点什么？我就跟交广联系了一下，说我在距离她三十公里左右（的地方），我是否能为她做前导车，为她去探道呢。回复是可以的。我马上发动车辆，往哈尔滨方向驶来。

【同期声+急救车远去画面】

【当事人讲述：黑龙江人民广播电台新闻中心记者邹韵】我们进到（高速公路路口），就是看到了"哈尔滨东"那几个字的时候，其实挺激动的。然后让我更激动的是进到高速公路的路口之后，我看到有二三百台出租车和私家车就在高速路的入城口那个地方等着我们呢。我们从远处看过去，一闪一闪的橘黄色大灯汇成一片，就在那儿，很亮很亮的，（当时）是黑夜，但是被车灯一照就像白昼一样，就在我们前方。我们走近之后才发现他们是在等我们，当我们整个车队从他们前面通过的时候，所有的车一起打亮大灯，然后鸣笛，所有的司机都在为我们鼓掌，当时特别感动。这些人都是深夜听到节目之后自发赶来的，他们没有别的想法，只是想来为我们引一下路，只是想来说一声祝福。后来回想这件事情的时候，我觉得张丽莉的生命是在3800万人滚烫的双手上传递过来的。

【字幕】5月13日凌晨3时，经过4个小时的转运，张丽莉平安转至哈尔滨医科大学第一附属医院。

【配音】这里是哈尔滨医科大学附属第一医院ICU重症监护病房。自从2012年5月12日中午，医院接到救治即将转移到这里的张丽莉的紧急任务开始，直至9月2日晚张丽莉进京接受康复治疗，这里经历了113个不平凡的日日夜夜。在这里，救治最美女教师生命的消息，时时刻刻牵动着党中央、国务院以及全国人民的心！在这里，最美女教师张丽莉生命之花的绽放，让2012年中国的春夏格外美丽！

【配音】她是年仅33岁的博士，张丽莉的主治医生康凯。

【当事人讲述：哈尔滨医科大学附属第一医院ICU主治医师康凯】当时（张丽莉）的病情实际上还是比较比较危重的，因为病人当时没有意识，生命体征也不稳定。当时就我们看到的腿部的情况，确实是让我们挺心惊的。今年是我上班的第九年，（也是）在ICU的第九年，可以说经历的风风雨雨是比较多的。但是丽莉老师整体的病情确实很复杂。

【配音】军人家庭出身、毕业于第四军医大学的周晋，是哈尔滨医科大学附属第一医院的院长、血液病专家，此次亲任张丽莉救治专家组的组长。

【当事人讲述：哈尔滨医科大学附属第一医院院长周晋】我们第一次见到她，她处于昏迷状态，确实啊，心里面也是很沉重的。因为省里面给的任务是把她抢救过来，保证生命安全。那么我们首先要把她的生命保住，用最科学的办法、用最先进的办法，从而完成这个任务。

【配音】从5月13日凌晨开始，就是在这间ICU病房的会诊室里，按照党中央、国务院和卫生部的部署，除了医院的精锐力量之外，这里还先后汇集了十批次三十多位全国各地的权威专家，共同针对张丽莉的病情和救治进行会诊。

【当事人讲述：佳木斯市副市长、医学博士朱晓峰】卫生部亲自调配了相关专家——301 医院骨外的卢世璧院士，他已经到了 82 岁的高龄，也是晚间 23 点到的哈尔滨。

【当事人讲述：解放军总医院（301 医院）主任医师、中国工程院院士卢世璧】危险就在于毒素的坏死、毒素的吸收。尽量不要发生再感染。

【字幕 + 音效】

5 月 14 日：张丽莉血压平稳，停用升压药物。

5 月 15 日：张丽莉停用镇静剂，神智恢复清醒。

5 月 16 日：张丽莉生命体征平稳，试停呼吸机。

5 月 17 日：张丽莉苏醒。

【当事人讲述：哈尔滨医科大学附属第一医院 ICU 主治医师康凯】三天左右的时间，（她）恢复了意识。她第一次醒了之后，能够跟我交流。我喊她的时候，她的眼神突然间跟我的眼神聚焦了，那个时候我真的很感动，心里有一股温泉一下涌了出来，当时就感觉眼眶湿了。

【配音 + 字幕 + 音效】5 月 17 日，与死神抗争的张丽莉，终于从昏迷中醒来。专家组研究决定，为张丽莉拔掉口中的气管插管。

【当事人讲述：黑龙江电视台副总编辑、新闻中心主任关中】对于这天，我们早有期待，她会说什么呢？

【当事人讲述：哈尔滨医科大学附属第一医院 ICU 主治医师康凯】拔完气管插管，我们以为她要问家里人的情况或者"我在哪儿"。

【当事人讲述：黑龙江电视台副总编辑、新闻中心主任关中】（我们想）她会说"我疼"，"你们是谁啊"，"我在什么地方"。不管说什么，我们都很愿意听。

【新闻资料同期 + 字幕】。

5 月 17 日，张丽莉成功拔掉气管插管

记者：第一句话，一定是跟咱们说的，她说什么了？

护士：（她说了）谢谢！

【当事人讲述：哈尔滨医科大学附属第一医院 ICU 主治医师康凯】（她）就说了谢谢。很感动，我想我们一般人都不会做出这样的事情。

【当事人讲述：黑龙江电视台副总编辑、新闻中心主任关中】我们就根据这句"谢谢你"，当天写了一篇评论——《谢谢你说：谢谢你！》。因为这就是说，你经历了人生这样艰难的时刻以后，仍然没有忘记去感谢这个社会，去感谢别

人；这就是说，你能够战胜一切困难。谢谢你说：谢谢你！就是这些天，佳木斯、哈尔滨、黑龙江、全中国，人们都在说这三个字。今天，我们再跟你说一声："谢谢你，张丽莉。"

【配音】为了挽救张丽莉的生命，在哈尔滨医科大学附属第一医院，张丽莉先后经历了6次手术，最大的一次手术是清理断端。而术后换药的痛苦，则是常人难以忍受的。身为神经医学博士的佳木斯市副市长、救治张丽莉专家组成员朱晓峰，对此有着深刻的感受。

【当事人讲述：佳木斯市副市长、医学博士朱晓峰】整个断端的股骨没有支撑，全部是往上翘起来的，断端有神经残留的时候，换药是相当痛苦的，就是一位男同志也很难挺住。对神经根的刺激，是非常重的一种疼痛。她一直咬着被角，只是哼了几声，强忍着痛，没哭。换药的医生都非常感动，但能明显地看出丽莉老师看到骨外科大夫进来时很紧张。

【当事人讲述：哈尔滨医科大学附属第一医院骨科主任毕郑刚】她当然哆嗦了，她还是小孩啊。她有她英雄的一面，也有她自然人的一面。那多苦啊，整个皮肤全没有了，每天揭纱布，一层层揭，纱布底下就是脓，不揭它不行，每天得蹭下一层，才能长出新肉来。所以换药特别疼。不能每次换药都给她打麻醉吧，她都是咬着一块纱布，或者咬自己的毛巾，从来没喊过疼。这些都是她在治疗期间意志坚强的表现。

【配音】5月25日是5月8日出事后的第17天，根据张丽莉的救治情况，专家组经过慎重考虑，决定告诉张丽莉她已经失去双腿的实情。此前，护士一直在张丽莉的下半身放了一个枕头。

【当事人讲述：哈尔滨医科大学附属第一医院骨科主任毕郑刚】在这个时候，如果她，一个28岁的女孩，突然知道她的两条腿没有了，高位截肢了，她会怎么想。

【配音】毕郑刚主任从医多年，无数次告知患者病情真相。但是这一次，毕郑刚第一次带上了心理学专家。

【当事人讲述：哈尔滨医科大学附属第一医院骨科主任毕郑刚】我后边跟了四个心理学专家，还有她爸、她爱人，都在后边，（组成）几个梯队。就想（如果）她承受不了怎么办，出现歇斯底里（的情况）怎么办。因为一个女孩，从这（以后）没有腿，将来意味着啥啊？

【配音】为了防止意外，此时的病房撤出了所有仪器设备。

【当事人讲述：哈尔滨医科大学附属第一医院骨科主任毕郑刚】（张丽莉说:）"你是不是要告诉我一个很不幸的消息?"我说:"你感觉到是很不幸的消息了?"（她说:）"我是不是脚没了?"我说不是脚没了。（她说:）"那我就是小腿没了，我觉得好像小腿扒拉扒拉没有感觉呢。"我说也不是小腿没了。我就一点点跟她（说了实情）。

【配音】在得到肯定的答复后，张丽莉无声地流下了眼泪，平静得出乎所有人的意料!

【当事人讲述：哈尔滨医科大学附属第一医院骨科主任毕郑刚】她默默地转过身来掉了两滴泪，然后就把泪擦干，问了我一些（问题），没腿以后还能不能上讲台，能不能走路。我就出去了，掉泪，我真的掉泪了……

【当事人讲述：张丽莉的父亲张爱东】孩子虽然很想痛哭，在家人面前痛哭，但是哭了一阵，（看到）我们都哭了，她拿出面巾纸来给我擦眼泪："爸爸别哭了，我都好了，我都能正确地面对。这不挺好的吗？活着比啥都强，女儿活过来了。"

【配音】这一天，张丽莉告诉爸爸："对于当时那一瞬间的选择我从未后悔过。今后我会更加精彩地活，为了这个世上所有爱我的人。"

【配音】张丽莉的爱人李梓烨是个公务员，是陪伴张丽莉的另一个坚强的男人。他与张丽莉2007年相识，2009年结婚。两人挽臂同行，恩恩爱爱，温馨的家是他们幸福的港湾。2012年，他们原计划要个小宝宝。丽莉出事后，面对好心人对他们夫妻俩以后生活的担忧，李梓烨只有一句话："我就是她的依靠，她也是我的唯一!"然而此时，李梓烨也没有想到丽莉会如此坚强。

【当事人讲述：张丽莉的爱人李梓烨】（她）也说过，我俩要分手什么的。我当时跟她说："我就说一句话，丽莉你想这么多有什么用?（如果）躺这儿的是我，我跟你也这么说，你会怎么样?"

【配音】在113天救治张丽莉的过程中，张丽莉给哈尔滨医科大学附属第一医院的所有医务人员留下了终生难忘的印象。在大家的心中，张丽莉不仅是个病人，更是个朋友、姐妹。后来，张丽莉常常开玩笑地称周院长是"周姥爷"，毕主任是"毕姥爷"，康凯是学历高、个头高、智商高的"三高"姐姐。然而，医务人员们也常常流泪，他们被张丽莉的坚强感动，被张丽莉真善美的品格感动!

【当事人讲述+情景再现画面：哈尔滨医科大学附属第一医院ICU主治医师

康凯】她的情况刚刚稳定一些，但是腿部这块儿还没有做手术的时候，护士会给她削苹果吃，然后她要求护士再给她削一个苹果，是给我留着。那天恰巧我在处理别的患者（的事情），过了两个多小时才过去。（丽莉）跟我说："康凯姐我送给你一个苹果，一直在等你，苹果都已经变黄了。"其实我们救治的病人挺多的，但是治好的病人送给我苹果的，我觉得可能只有她。吃了这苹果，我觉得我会记一辈子。

【配音】康凯是张丽莉的主治医生，张丽莉生命中的伟大和质朴也深深地感染了她 3 岁的孩子。

【当事人讲述：哈尔滨医科大学附属第一医院 ICU 主治医师康凯】丽莉老师特别喜欢我女儿，我女儿叫妞妞，总是跟我说，妞妞在家里怎么样了。

【手机视频同期】张丽莉："你一定要好好吃饭，好好睡觉，好好听妈妈的话，快乐成长，好好玩儿。"

【当事人讲述：哈尔滨医科大学附属第一医院 ICU 主治医师康凯】我女儿每次看电视，（都说:）"妈妈，这不是张丽莉老师吗？"我说张丽莉老师怎么了，她说张丽莉老师腿撞折了，是为了救学生。

【配音】张丽莉住院救治期间，恰逢将近中考。清醒过来的张丽莉时刻惦念着她的学生。于是她决定给孩子们写封信。

【张丽莉读信录音】

我最亲爱的宝贝们：

今天是我醒来的第十天，距离你们中考仅有一个月的时间了！醒来的每一天第一时间想到的都是你们！你们丽莉姐的大脑里，无一刻不浮现出所有人每分每秒积极学习、努力付出的画面。相信我善良、可爱、幸运的宝贝们必定会在中考之时获取辉煌战果！

还记得我们的百天誓言吗？很抱歉我食言了，原本说好无论怎样我都会陪伴你们走到最后的，可如今我却只能遥致祝福了。

另外，平日里上下学一定要注意安全，要懂得保护自己。最后送一首蔡琴的《我心是海洋》给你们，我们彼此共勉！加油，孩子们！

永远爱你们的丽莉老师

【音乐＋照片＋字幕】有一种光亮，小小的，却能为人指引方向；有一种力量，微微的，却能让人变得坚强……

【当事人讲述：佳木斯第十九中学教师王文丽】（这封信）字里行间每一句话都是满心的对孩子的一种关爱，鼓励她班的孩子努力学习。而且还有一句话说，宝贝们，对不起，她失约了，原定一起冲刺中考的。（她）为学生去奉献，奉献她自己（的一切）。（虽然她）现在需要面对很多（困难），但是还为自己小小的一次失约感到抱歉。

【解说】张丽莉的心里时刻惦记着自己的学生，而她的老师也日夜牵挂着自己的"孩子"。这是张丽莉的大学老师李枫流着泪写给丽莉的一封信。

【同期＋画面：李枫老师的信】丽莉，我亲爱的学生，我亲爱的孩子，看到你日益康复的消息，我们特别高兴。虽然几次去哈尔滨看你，没有见到你，但隔着道道的墙我们仍然能感受到你的坚强和美丽……希望能早日见到你，等你回家。

【配音】张丽莉的事迹像一把火种，点燃了人们心灵中的真善美，人们以各种方式表达对张丽莉的敬仰、祝福与期盼。在 ICU 重症监护病房外，各种鲜花和爱心捐助，寄托了全国各地人们的深情；一句句亲人般的呼唤，表达着无数人对张丽莉的疼爱。医院特地设立了一个"张丽莉老师爱心接待室"。

【当事人讲述：黑龙江电视台副总编辑、新闻中心主任关中】海清是张丽莉最喜欢的演员。海清听说张丽莉喜欢她以后，悄悄地专程到哈尔滨来看她。

【当事人讲述：演员海清】我觉得她很坚强，她爱人也很坚强，会好的，都会好的。

【配音】这一天，海清在自己的微博上这样说："亲爱的丽莉，您（对我）的喜欢是我今生无比珍惜的缘分，无德无能的我此刻只能双手合十祈祷，愿您脱离危险，愿死神轻轻松开他的手，把您留在人间！"

【配音】当年被英雄刘英俊救出的孩子曹温和，如今已经年过半百。得知丽莉的事情后，老人专程到哈尔滨看望丽莉。

【当事人讲述：市民曹温和】英雄用鲜血、热血为我们换来今天的生命。我认为她是第二个刘英俊，我切身感受到英雄的精神的存在。

【当事人讲述：黑龙江电视台新闻中心主编孙越波】我觉得丽莉老师真的唤醒了人们心里的良知。每个人心里都有善良的种子，需要一个火把，去把它点燃。那张丽莉老师就像这个火把，她一下子就把很多人心里的这个善良的火种点燃了。

【配音+电话声】2012年6月7日中午，吃过饭的张丽莉接到了一个非同一般的电话，对方是佳木斯市教育局党委副书记娄艳颖。经佳木斯市委组织部批准，娄艳颖代表党组织，以一种特殊的方式与张丽莉进行入党前的谈话。此时的张丽莉心中顿时涌起一股热浪。

【同期：入党谈话录音】

娄艳颖：喂，您好，丽莉老师您好。首先，告诉您一个好消息。目前你们学校（党）支部大会已经讨论通过了您的入党请求。

张丽莉：哦，谢谢！

娄艳颖：已经决定发展您为中国共产党预备党员。首先对您表示祝贺！

张丽莉：谢谢！谢谢！

【配音】此时的张丽莉激动了！12年前，年仅16岁的她在刚刚迈进师专校门时，就递交了第一份入党申请书。

【当事人讲述：张丽莉】我那时候对党员的认识还不是很深刻，只是觉得中国共产党特别伟大，带领中国一直在向前发展。入党是我一直以来的一个梦想。

【字幕+音效】2012年7月1日，哈尔滨医科大学附属第一医院，张丽莉入院54天。

【配音】这是一个难忘的日子。在病房为一个新党员举行入党宣誓仪式，在哈尔滨医科大学附属第一医院的历史上还是首次，而这个首次属于最美教师张丽莉！坐在轮椅上的张丽莉，容光焕发。佳木斯市教育局党委专门带来一面党旗，挂在病房的墙上。巧合的是，张丽莉的工作岗位、年龄、入党时间与父亲出奇地一致。

【当事人讲述：张丽莉父亲张爱东】24年前，我也是在学校当语文老师，也是29岁，也是7月1日加入了中国共产党。

【配音】在哈尔滨医科大学附属第一医院医护人员的监护下，张丽莉老师入党宣誓仪式在病房正式举行。

【音乐：《国际歌》】

【当事人讲述：张丽莉】我志愿加入中国共产党，为共产主义奋斗终生。

【配音】随后，佳木斯市市委常委组织部部长龚夏梅为张丽莉佩戴上党徽。此时，张丽莉的眼眶中充满了泪花。

【当事人讲述：张丽莉】今天，特别是在党的生日这一天，我能够光荣地加入中国共产党，真的是完成了我的心愿，特别地开心和激动。

做党和人民满意的"四有"好老师

【当事人讲述：张丽莉】我的父亲曾经送给我一句话，叫"苔花如米小，也学牡丹开"。我希望在今天加入中国共产党之后，我能够像牡丹一样绚烂地绽放。像更多的优秀共产党员一样，做我该做的事情，为党和人民，为未来的社会，为所有曾经帮助过我的人献出自己的力量！

【童声唱主题歌】我没见过你，可我知道你，你的身影感动了每座城市。我没见过你，可我最懂你，你的汗水浇灌了满园桃李。最美的你，你最美丽，大爱芬芳默默无语。最美的你，你最美丽，风雨之中你就是一段传奇。

【落幅字】谨以此片献给我们这个英雄的时代！

【字幕】中国教育电视台

新闻纪实片《张丽莉》（下）

【配音】2012年这个春夏，张丽莉，一个年仅29岁的"80后"女教师的英雄壮举、理想信念、崇高师德，让全社会读懂了什么是教师。然而，人们也一同将探寻的目光对准了英雄的背后。

【配音】1984年1月19日，张丽莉出生在黑龙江省桦川县一个教师世家，后来全家搬到了佳木斯市郊区松江乡。

【当事人讲述：张丽莉】我记得小时候很多时间都在爷爷家度过，记忆深刻的就是爷爷有张特别老的写字台，上面有一摞一摞的书，我记得我翻开过很多这样的书本，都是带红字批改的，后来自己慢慢长大之后，才发现那可能是教案。我爷爷那时候对教学特别较真儿，特别认真，我记得他有好多的书，（都已经翻得）有点毛边了。后来我爷爷去世的时候，我整理他的书柜，发现纸都特别脆了，但是他写的每个字都规规矩矩的。我爷爷教了一辈子书，每上一节课都会有反思，而且反思写得很认真，还用不同颜色的笔来写。我觉得这种工作精神、工作态度让我印象挺深的。

【配音】爷爷的影响使张丽莉从小对教师这个行业产生了浓厚的兴趣。

【当事人讲述：张丽莉】我记得小时候我家有一块小黑板——可能我们那个年代家里面都有，小朋友就像过家家一样，会在上面写粉笔字，或者讲题。再大一点的时候，会有一种意识，在上面演练，写写东西什么的，好像印到脑子里了，就觉得长大要当一个老师，管理自己的学生，上课、讲课。那时候就挺单纯的，没想过说教书育人有多重要，只是单纯地觉得站在讲台上感觉特别好。

【配音】在丽莉的记忆中，同样是教师出身的父亲始终对女儿很严厉。

【当事人讲述：张丽莉父亲张爱东】从四五岁上学前提的时候开始，（她）就骑个小自行车，直到小学。（她）小学是在松江小学（读的），路程比上学前班时的路程要更远一些。小学期间，她一直是自己骑着自行车上下学。那个年代讲究"穷养儿，富养女"，但是我的观点不是那样。我觉得将来的生活都得靠自己去闯，就得是独立去面对，虽然是独生子女，虽然是一个小女孩，但她将来的生活不可能父母都跟着，永远陪着，所以就这样刻意地去锻炼她，（她）从来没有像大多数独生子女那样被娇生惯养过。（她）遇到事情的时候，总是能够首先检讨自己的错误，这应该说是我们家的家训吧。从小我就听父亲这么讲，我也跟孩子这样讲，叫"遇事常思己过，闲时莫论人非"。

【当事人讲述：佳木斯市郊区原松江小学教师卢爱民】这里就是张丽莉上小学的地方，后面那套房是她新入学时上课的地方。上学的时候，她的家离学校比较远，可是她骑着二零的小车子来上学，四年从来没有迟到过，学习也非常勤奋、非常用功，学习成绩在班里一直名列前茅。

【配音】后来张丽莉的父亲张爱东从一名普通教师成长为校长和领导干部，但他对张丽莉的严格要求却从来没有放松过。父亲对女儿深深的爱，是丽莉逐渐长大后慢慢体会到的。

【当事人讲述：张丽莉】第一次英语测试之后，紧接着老师开了第一次家长会，我记得应该考了八十多分。在校门口接我爸到班里开家长会的时候，我的眼泪就掉下来了。我说爸爸这次我考得特别不好。整个家长会，我坐在我爸爸旁边，一直看着我爸爸的脸。但好在开完家长会之后，我爸没怎么责备我，只是说才刚开始，只要努力的话，慢慢都会好起来的，所以后期我的英语成绩反而慢慢上来了。我觉得我爸一句不经意的表扬，对我来讲，都是一个成长的契机，都是一份成长的动力。

【配音】这份动力不仅让张丽莉深深懂得了教育的艺术，而且更激发了她立志从教的职业理想。

【当事人讲述：张丽莉】父亲和爷爷他们的职业生涯，对我影响挺大的，后来报考志愿的时候，我挺固执的，我就说我想当老师。我就这样走上了教育之路。

【配音】1999年7月，初中毕业的张丽莉报考了依兰师范学校大专班。

【配音】这里是坐落在佳木斯市城东的佳木斯市职教集团，其中教育学院的前身就是依兰师范学校，张丽莉当年的班主任周艳秋老师，始终记得丽莉做事和读书的认真劲儿。

【当事人讲述：佳木斯市职教集团学工处心理咨询中心教师周艳秋】我带她

第一年的那个运动会，她别出心裁，用我们班全体男生加她一个女生，排了一个大型的广场舞。排练的时候，跟男生出现了一些矛盾，男孩子也找我告状，觉得她过分，总是要求这么高，这样就有一些冲突。我也有这样的想法，广场舞有氛围，不需要动作那么标准，不需要那么刻意。我就到现场对她说差不多就行，其实这个广场舞大家都要在大约一百米以外的地方来看。我印象特别深刻，她当时不说话了，然后沉默了大约一分钟的时间，脸也红了，跟我说了一句话："老师，要么不做，要做就做最好的。"

【配音】2004 年冬天，张丽莉决定参加师范院校的专升本考试，并且开始了紧张的复习。突然母亲癌症晚期到了弥留之际的消息传来，丽莉的精神几近崩溃。

【当事人讲述：张丽莉】（母亲）后来到走之前，瘦成了一把骨头，完全没有力气站起来，医院打那些镇痛药，哌替啶什么的，都已经止不了痛了。但我母亲从来没有喊过、叫过、哭过或说自己疼，完全没有。她知道（自己得了）这个病之后反而会说，"哎呀，为什么不告诉我，如果告诉我的话，我可能会把我人生最后这几个月过得更精彩"，说"妈妈一辈子都没出过佳木斯，我想去外面看一看"。

【配音】失去妈妈的痛苦，让张丽莉逐渐学会了承受，学会了坚强，更学会了妈妈的人生态度。

【当事人讲述：张丽莉】我妈一直在告诉我，一个女孩也好，一个女人也好，不论你的学历有多高，最起码你要学会独立自强，无论什么时候，不依靠任何人，你付出多少努力，就会有多少收获，要永远用自己的双手去创造自己的财富。我父母总觉得很多地方特别愧对我，因为我从小家庭环境不是特别富裕。但我一直都没有觉得我跟别人（有什么不同），或比别人差。其实我从我的父母身上学到了很多，我真的是从最草根的家庭当中成长起来的，但是我觉得这样的家庭环境给了我很多成长需要的营养成分。

【配音】在母亲的病床前，张丽莉一边复习功课，一边照顾母亲，陪母亲走完了人生的最后一段旅程。

【当事人讲述：张丽莉】我母亲突然离去，对我真的影响特别大。我一直到母亲去世后才开始懂事，懂得和家人沟通，懂得大人的不容易，特别是在培养子女方面、承担家庭责任方面、承担社会责任方面。每个人活着的时候，都带着一份责任和义务，人来到这个世上，并不是说就可以完全活得特别自我。

【配音】2005年，张丽莉以优异的成绩考入哈尔滨师范大学中文系大庆师范学院办学点，开始了在大庆为期三年的本科学习。

【当事人讲述：大庆师范学院原中文系党总支书记王全】她到我们学校以后，我们对她的档案进行了审查，结果发现张丽莉同学思想上积极要求进步，她在依兰师范学校读书的时候，就向党组织提出了入党申请，并被党组织确定为入党积极分子。她是2000年10月份提出的入党申请，当时她正好16岁，可见这个孩子从小就受到这方面的教育，积极要求进步。

【女声模仿丽莉配音 + 字幕】入党申请书：我怀着十分激动的心情向党组织提出申请——我要求加入中国共产党，愿意为共产主义而奋斗终生……2000年10月27日。

【女声模仿丽莉配音 + 字幕】入党申请书：我是一个平凡的人，但我有着不平凡的人生理想。在我心目中，中国共产党是一个先进、光荣和伟大的政党，而且随着年龄的增长，我越来越坚信，其全心全意为人民服务的宗旨，是我最根本的人生目标……2004年9月20日。

【当事人讲述：大庆师范学院原中文系党总支书记王全】根据我们学校当时确定入党积极分子的条件，我们又把她重新确定为入党积极分子，继续培养考核。

【配音】张丽莉在这里度过了人生最美好的几年，在老师的印象中，她是个学习刻苦，对自己要求严格的孩子。

【当事人讲述：大庆师范学院文学院院长邓福舜】她在写毕业论文的时候，贺敬华老师是她的指导老师。贺老师要求在最后成文之后按照规定的格式打印，张丽莉排版排得非常好，但是最后一关她没有把握好，她把一份排版之前的文稿打印了出来，着急忙慌地给了贺老师。贺老师当时就批评了她，说："你是一个很认真的学生，但这件事你没有办好。"张丽莉当时就哭了，说："贺老师，您等一下，我一个小时就给您送过来。"然后她回去把稿子拿来了，一个小时之内拿来的。

【当事人讲述：大庆师范学院原中文系党总支书记王全】入校以后，她把全部的身心和精力都投入到学习上，用同学的话讲就是三点一线——教室、宿舍、图书馆，就这样，经过这几年的刻苦努力，她的各科成绩平均都在 80 分以上。她为了这个成绩付出的努力，是远远比其他同学多的。她（在学习上）最薄弱的一环，就是古代汉语，而且她之前上的是中师，没有系统地上过高中阶段的课程，所以对大学的古代汉语课程，掌握得非常吃力。因此当时能够得到这么好的成绩，可见她下了多么大的功夫，好多同学都是非常佩服的，你看这个成绩——96 分。

【配音】在大学读书期间，张丽莉曾到中学实习，这是她第一次迈上心仪已久的讲台。在实习日记中张丽莉工工整整地写下了第一次对教师职业的内心感悟。

【女声模仿丽莉配音＋字幕】第一次站上讲台才发现，原来我是那么热爱老师这一职业，我所拥有的不仅是一个年轻人的热情，同时也是对这一职业的崇敬和向往。

【字幕】电视新闻纪实片《张丽莉》

【配音】2007 年，大学毕业后的张丽莉，并没有像离巢的小鸟一样远走高飞，而是回到佳木斯，以优异的试讲成绩在佳木斯市第十九中学当上了一名初中语文老师。

【同期声】佳木斯第十九中学环境

【配音】为了学生，张丽莉工作五年，只请了两次假，一次是三年前的婚礼，一次是两年前的流产。

【当事人讲述：佳木斯市第十九中学教师王筱芊】2010 年，她曾经有过要当母亲的经历。学校从孩子身体素质考虑，让孩子们在课间操时间跑操，当时丽莉已经怀孕了，但是她不放心孩子，跟孩子一起跑操，然后就流产了。

【当事人讲述：佳木斯市第十九中学校长殷春霞】按照学校青年教师培训计划，每年我们对老师的师德培训，都有"爱生一例演讲"。在那次师德（培训）"爱生一例演讲"中，丽莉在前边说，我在下边流泪，当时丽莉也流泪。为什么我们都流泪了呢？是因为那次她说的是她被孩子感动的事。她流产期间孩子们对她的关爱，对她的想念，她更爱她的学生。所以就是这样的爱——学生对她的爱，她对学生的爱，激励她更好地去工作。

【配音】佳木斯市第十九中学是一所普通初中，前身是所企办学校。多年来，学校一直坚持通过师徒制培养年轻教师，张丽莉入校后带她的第一位师傅，就是省级教学名师张丽波。

【当事人讲述：佳木斯市第十九中学教师张丽波】她会怎么做呢？她把她的课表、我的课表、其他老教师的课表都摆在面前，这样就能清楚地看到哪个老师哪节有课。她听课很多，不是说只听师傅的课，也听别人的课，而且她把她的课串成跟我们都不重复的，这样她就有更多的时间听更多人的课。跟着我听课，她就会拎个小凳，塑料凳、蓝色的，就是那种很简单的小四方凳。她把小凳放在她的座位旁边，要去听课时，拿起来就走，很方便！她就跟着你走，基本上都是你在前面走，她在后面颠颠簸簸跑来，"师傅，我这节听课"。所以说直到现在，有时我还是会不由自主地回头。

【配音】学校的听课制度要求每名老师每月听 8 节课，但张丽莉每月至少听 20 节课。

【当事人讲述：张丽莉】上班之后，慢慢跟着师傅学，跟周围的一些前辈们学习，发现教学是一门艺术，你要付出很多很多，从备课到研读教材，然后到掌握学生情况、了解学情、（再到）每课、每个阶段的目标的实现。真的是你有一分耕耘，才有一分收获，实实在在的东西，糊弄不得。

【字幕】2008 年佳木斯市第十九中学校园艺术节，张丽莉担任主持人

【同期：张丽莉在学校主持活动】张丽莉：我们用优美的旋律展示风采。

【当事人讲述：佳木斯市第十九中学副校长靳艳萍】这个孩子对工作就是有那种较真儿，为了要做好这个节目主持人，她就对着镜子练口型。那个时候，我路过办公室，看到她对着镜子练口型，就有了这个印象。我过来的时候她就对我说："校长，你看我感情表达得好不好，语言表达到不到位？帮我看一看。"直到在我口中得到了肯定答复之后，她才点点头。那个时候，我就觉得她一定是做任何事都非常认真的这么一个孩子。校园艺术节那天，她穿得非常漂亮，我记得她俏皮地跑到我跟前，问我："校长，你看我漂亮吗？"。

【配音】在佳木斯第十九中学的走廊上，刻着学校的办学理念——为生命奠基，这种理念也深深地影响着张丽莉。

【当事人讲述：佳木斯市第十九中学校长殷春霞】用自己的生命来换取孩子

的生命，是在为孩子的生命奠基。实际上教育就是一个生命影响另一个生命。

【配音】2009年，张丽莉当上了班主任。实践中，她逐渐明白了，只有有爱心的教师，才能培养出有作为的学生。

【当事人讲述：佳木斯市第十九中学副校长靳艳萍】刚带这个班的时候，家长不太理解，对她不太服气。但是，只用了一周的时间，她就征服了家长。怎么征服的呢？一周的时间，她把班级所有孩子的性格、特点、爱好，家长的姓名、联系方式，家庭的一些状况都了解清楚了，在家长会上一个一个家庭地分析孩子的情况，最终她把家长征服了。她对孩子的教育，那是从一点一滴开始的，所以我觉得她非常敬业，做事非常认真的这么一个孩子。一直以来，在业务上，在班主任工作上，她倾注了很多心血。

【字幕】2012年5月，佳木斯市教育局命名第十九中学初三（3）班为"丽莉班"。

【同期声】学生集体朗读。

【当事人讲述：张丽莉】我当班主任之后，更加注重对学生情感的教育。把这些孩子领回自己班级的时候，我说的第一句话是"从今天开始，我们三班就是一个大家庭，我就是你们的妈妈，或者说你们觉得叫我姐姐比较顺口，都可以"。

【当事人讲述：佳木斯市第十九中学学生薛庭政】上语文课时，我就发现，这两天（老师）怎么净穿这一件衣服，正常应该是一天换一件的。我一瞅那衣服上有只小鹿的图案，衣服是黄色的，我就说老师你就叫小鹿姐姐得了，（老师）当时就答应了，感觉很亲切。

【配音】2009年冬天，有一件事让闫泓佚至今铭记在心。班里有位同学病了，张丽莉领着班干部去看望他。

【当事人讲述：佳木斯市第十九中学学生闫泓佚】那个时候刚入冬，路上有雪，特别滑，有个车子拧拧歪歪地就过来了。我们班老师本能地抱了我一下，让我朝里，她朝外，车子就刮到她了，（皮裤）刮了一个大口子。老师也没有回头看看，心疼新买的皮裤如何如何，直接就先问我："没事儿吧？没碰着你吧？"然后还告诉我，"摸摸毛，吓不着"。

【配音】5月9日，在佳木斯市中心医院ICU重症监护病房外，一位母亲说出了和张丽莉老师之间的秘密。从初一开始，张丽莉了解到一名学生家里条件很不好，父亲过世，母亲有病，于是她每月资助孩子100元钱，直到被撞前，从没间断过。细心的张丽莉担心孩子有压力，每次把钱放到这个学生的书桌里时，从不让其他人看见。

【当事人讲述：佳木斯市第十九中学学生张旭】感觉老师挺伟大的。有一次校长告诉我，丽莉姐回家跟她的父亲说"我想资助一个孩子"，然后丽莉姐父亲就说"资助呗，到时候你困难了，我再资助你"。听到这话，我心里感觉挺温暖的，毕竟她挣得也不多，却还是要帮助我。

【当事人讲述：佳木斯市第十九中学学生薛庭政】资助张旭，每个月给100元钱这件事，我们其实谁都不知道，都是丽莉老师出事之后才知道的。"身边每一个平凡的人其实都有他伟大的一面，巨人是不需要用双腿来站立的"，我感觉她这话说得挺好的。

【同期声】"丽莉班"读书声。

【当事人讲述：张丽莉】当把自己不仅仅定位成一个老师，还把自己定位成孩子的父母时，你可能对教师的职业就会有不同的领悟。教孩子这三年，我希望对他们生命当中的成长是有着重大的意义的。

【当事人讲述：时任黑龙江省教育厅厅长张永洲】张丽莉舍己救人的英雄壮举和崇高精神，经过社会宣传之后，我们省委书记吉炳轩同志做了重要的题词，叫作"师魂"。

【字幕】黑龙江省省委书记、省人大常委会主任吉炳轩为张丽莉题字"师魂"。

【当事人讲述：时任黑龙江省教育厅厅长张永洲】人活着，到底是为谁活呢？一个老师，从本质上说，是为学生活着。没有这个思想基础，在关键时刻她做不出英雄壮举。我觉得最值得学习的还是她崇高的世界观，这是建立在社会主义和社会主义核心价值体系之上的一种崇高的精神境界。说到底，她是为学生活着。我觉得老师和其他教育工作者，都应该具备这种品质。

【字幕】电视新闻纪实片《张丽莉》。

【字幕】2012年6月26日，北京国家大剧院小剧场。

【音乐+画面】童声合唱《最美的你》：我没见过你，可我知道你，你的身影感动了每座城市；我没见过你，可我最懂你，你的汗水浇灌了满园桃李。

【配音】2012年6月26日，北京国家大剧院正在举行的是教育部团中央向全国少年儿童推荐首批100首合唱歌曲展播启动仪式，当主持人宣布最后一首歌曲是《最美的你》时，坐在台下的佳木斯市教育局体卫艺科干部智强激动了。在首批推荐的100首作品中，与《让我们荡起双桨》这些几十年来人们耳熟能详的经典歌曲比，《最美的你》才刚创作一个半月，而这首深情的沁人心脾的歌曲，就是写给最美女教师张丽莉的。

【当事人讲述：歌曲《最美的你》曲作者智强】5月8日，就是张丽莉老师勇救学生那天，我（听了她的英雄事迹后）很震惊。在5月5日全市初三学生体育中考时，我们有过一面的接触。我记得那天我还问这个班的班主任是谁，她说是她。她在组织学生的时候忙前忙后，一会儿帮学生抱衣服，一会儿帮学生拎鞋，我印象非常非常深刻。5月9日看照片时，我就觉得心里好像总压着什么东西，老想表达一下。5月11日，我跟词作者伦涛——他是我们佳木斯特教中心的校长——不约而同就想写一首歌。我说咱俩要写就写一首像小溪流水那种感觉的歌。张丽莉是老师当中的英雄，老师（的精神）是啥？就像润物细无声。

【当事人讲述+哼唱：歌曲《最美的你》曲作者智强】"我没见过你"，就这种感觉；"可我知道你"，就像是在跟她说话。"我没见过你，可我最懂你，你的汗水浇灌了满园桃李……"

【音乐+画面】黑龙江省佳木斯市歌颂张丽莉先进事迹广场演出

【配音】《最美的你》与其说是一首歌，不如说是无数原本不认识张丽莉的人的心底诉说，它表达的是人们对教师职业认识的升华和对高尚师德的崇敬。2012年这个春夏，张丽莉平凡中的不平凡，让全社会再一次读懂了什么是教师。

【配音】张丽莉，最美的"80后"女教师，在英雄壮举的背后，她还有着无数讲不完的美丽故事。这一个个故事串起了张丽莉清晰的成长轨迹，这一个个故事留给了人们一道可以解开的人生方程式。

【配音+字幕版】张丽莉的英雄事迹和救助工作，始终得到党中央、国务院的高度评价和重视，中央领导通过多种方式表达对张丽莉的慰问和关心，组织全国力量对张丽莉进行救治，并号召全国教师学习张丽莉学为人师、行为世范的崇高师德。

【字幕】2012年9月20日，哈尔滨医科大学附属第一医院。

【配音】为了使最美女教师张丽莉得到康复，并且在全社会进一步弘扬张丽莉大爱大美的崇高师德，2012年9月2日教师节前夕，张丽莉乘车前往北京。

【字幕＋音效＋同期】2012年9月4日，张丽莉抵京。

【字幕】2012年9月4日，教育部党组书记、部长袁贵仁看望张丽莉

【配音】2012年9月4日，教育部党组书记、部长袁贵仁来到张丽莉的住处，代表教育部和全国广大教育工作者向她致以崇高的敬意和深深的祝福。

【同期声：教育部党组书记、部长袁贵仁】你在生死关头舍己救人的英雄壮举，……

【同期声：张丽莉】这是我该做的。

【同期声：教育部党组书记、部长袁贵仁】……还有在平时工作中爱岗敬业的师德风范，也包括在治疗期间这种顽强乐观的生活态度，应该说是教育了也感动了全国人民。

【同期声：张丽莉】谢谢。

【同期声：教育部党组书记、部长袁贵仁】所以你不仅是我们全国人民学习的一个楷模、榜样，你更是我们教育战线1 700万老师学习的榜样。

【同期声：掌声】

【字幕＋音效】2012年9月5日，北京人民大会堂

【配音】2012年9月5日由中宣部、教育部、黑龙江省省委共同主办的张丽莉先进事迹报告会在人民大会堂举行，当张丽莉坐着轮椅出现在主席台上时，台下响起了长时间的热烈掌声。

【当事人讲述：张丽莉】因为一次再普通不过的伸出援手，我与死神擦肩而过。在我醒来后，当我慢慢知道发生在自己身上的事情后，我也曾经痛哭流涕过，但最终我还是选择坦然地接受了现实。因为我还能感受到温暖的阳光，呼吸到新鲜的空气，还能感受到人间的真情，这一切对我来说便足够了。人们经常说，老师是蜡烛，燃烧了自己，照亮了别人，可是今天我更想说，老师就像火炬，燃烧了自己，传递了光明。我愿人们的心灵之湖能够永远澄澈透明，我愿给予的力量能够永远坚定而执着。今后，我将怀着一颗感恩的心，同大家一

起为社会做出更多的努力、更多的贡献。

【同期声：掌声……】

【同期：哈尔滨医科大学附属第一医院 ICU 主任赵鸣雁】我和我的同事们看过了太多的沮丧和悲伤，然而张丽莉，一位了不起的患者，用她坚强不屈的性格、豁达又细腻的情感和对生活永恒的期待，诠释了生命别样的美丽。

【同期：佳木斯市第十九中学学生张佳岩】丽莉老师最喜欢的一句诗是"面朝大海，春暖花开"，她对我们每一个同学都从不放弃，也不会简单地用成绩来衡量。她常说："每一个学生都是我的好孩子，我都喜欢。"

【配音】报告团的五位成员深情地讲述了张丽莉爱生如子、舍己救人的先进事迹，此时，台上台下都被一个"80后"最美女教师的崇高师德深深打动了，泪水在人们的脸上无声地流淌，一种精神和责任，在所有人心中迸发。

【同期＋字幕＋教师节晚会现场音乐】《至高荣耀》2012年教师节晚会现场

【配音】2012年9月，第28个教师节到来之际，教育部、中央电视台以"至高荣耀"为主题的教师节晚会在中央电视台大演播厅举行，已经在北京接受康复治疗的张丽莉出现在晚会现场。

【同期：董卿】5月8日到现在这四个多月的时间，可能你最牵挂的还有一群人，就是你的孩子们，你的学生们。

【同期：张丽莉】对，是。

【同期：董卿】你很想他们吗？

【同期：张丽莉】对，非常想，对我来讲他们不仅仅是学生，他们就像我的孩子一样。在我从教的这五年当中，对我来讲最幸福的事情，就是在我的生命当中有了他们的存在。他们使我的价值观发生了改变，使我的生命变得更加纯净，让我的生活更加具有价值。

【同期：董卿】今天，我们也特意请来了丽莉老师的初三（3）班的一些学生，来到现场陪老师一起过这个教师节。来，同学们。

【现场拥抱流泪画面＋现场同期】

【同期：张丽莉】把眼泪擦干，别哭了，好吗？

【同期：张丽莉学生闫泓侠】老师不在的这段日子里，我都出现幻觉了，我甚至天天都会看门口，仿佛每天都会看到老师熟悉的面孔，看到老师捧着她的水杯回到她的座位上备课，然后休息。

【同期：张丽莉学生薛庭政】小鹿姐姐，您对这个称呼还熟悉吗？

【同期：张丽莉】熟悉，一辈子也忘不了。

【同期：张丽莉学生薛庭政】这是我对您最特殊的称呼，也是我对您的独一无二的称呼，我真的很幸运能成为您的学生，我代表班级同学向您说一声节日快乐。

【同期：张丽莉】谢谢。

【同期：张丽莉学生薛庭政】今后不论遇到什么困难，我们都愿意为您分担，让我们永远保护您。

【同期：张丽莉】好的。

【同期：张丽莉学生张珊珊】我现在正在学习幼儿师范教育，因为我要做一名像您一样的优秀的老师。

【同期：张丽莉学生】老师，我想您了。老师，痛在您的身上，就痛在我们的心里。老师，我们等您回家。

【同期：董卿】老师，有什么想对孩子们说的吗？

【同期：张丽莉】你们是我一生当中最宝贵的财富，谢谢你们，谢谢。

【同期：董卿】你接下来还有什么样的愿望？

【同期：张丽莉】我希望我的孩子们都能够平安健康，精彩地走好自己的人生之路。我曾经对他们说过，人生没有彩排，人生没有橡皮擦，我希望他们能够扎扎实实地走好每一步。十年或者二十年之后，当他们回首往事的时候，会告诉自己，我活得很精彩，我活得很棒，我无愧于自己的父母，无愧于自己的人生。

【尾声】

【配音】张丽莉，2012年一个美丽的名字，她以感人至深的英雄壮举和大爱芬芳的故事，向全社会诠释了崇高师德的内涵；她以对教育事业崇高的荣誉感和责任感，当之无愧地成为当代人民教师的楷模。她光辉的形象，属于将师爱放飞的中国教师群体；她人性的魅力，属于我们这个民族生生不息的沃土。

【字幕】

人社部、教育部授予张丽莉同志"全国模范教师"荣誉称号

教育部授予张丽莉同志"全国优秀教师"荣誉称号

教育部授予张丽莉同志 2012 年度"全国教书育人楷模"荣誉称号

中华全国总工会授予张丽莉同志全国"五一劳动奖章"

共青团中央全国青联授予张丽莉同志中国"青年五四奖章"

中华全国妇女联合会授予张丽莉同志全国"三八红旗手"荣誉称号

黑龙江省道德模范评审委员会授予张丽莉同志黑龙江省"道德楷模"荣誉称号

……

【童声唱主题歌】我没见过你，可我敬仰你，你的笑容温暖了人生花季。我没见过你，你在我心里，你的青春永远是那一片新绿。最美的你，你最美丽，大爱芬芳默默无语。最美的你，你最美丽，风雨之中你就是一段传奇。最美的你，你最美丽，大爱芬芳默默无语。最美的你，你最美丽，风雨之中你就是一段传奇，风雨之中你就是一段传奇。

【落幅字】谨以此片献给我们这个英雄的时代！

【字幕】中国教育电视台

www.centv.com

2012 年 10 月

二、"张丽莉"式的优秀教师

陈立华：
为学生的幸福人生奠基

陈立华，北京市朝阳区实验小学校长，中学高级教师。先后获得北京市优秀教师、北京市中青年骨干教师、北京市小学数学学科带头人、北京市经济技术创新标兵、北京市城乡中小学手拉手先进个人、朝阳区政府首届科教兴区青年杯先进个人、朝阳区教育劳动奖章、朝阳区优秀共产党员标兵等荣誉。

北京市朝阳区有一位数学名师，在网上搜她的名字，几乎所有文章都会提到一个奇迹，那就是她带的学生以全班数学 100 分的成绩毕业。她就是北京市朝阳区实验小学校长陈立华。这样的奇迹是如何创造的？她究竟是一位怎样的老师？

这个奇迹其实是孩子们送给陈立华的一份礼物。当年这个班从一年级到六年级所有数学检测的成绩平均分为 99.3 分。在六年级最后一次考试前，全班同学觉得每次都有几个同学没能达到满分，就想大家一起努力，在最后一次考试时为他们最爱的陈老师创造一次奇迹。

时隔多年，陈立华的学生王潇潇仍然记得，公布成绩那天，陈立华老师穿着白上衣、花裙子，大家都特别紧张。当陈老师说全班同学百分之百满分时，大家都炸开了锅，抑制不住地欢呼雀跃，但瞬间所有人都哭了。陈立华说，当时那种眼泪有激动，也有幸福。

1993年，19岁的陈立华中专毕业来到朝阳区实验小学的前身幸福村中心小学工作，数学成绩优异并且在多次竞赛中获奖的她，师从著名数学教育专家马芯兰老师。二十年后，她已经接过马芯兰老师的重任，成为校长。

做老师时是响当当的名师，成为校长之后的陈立华，关注点不再放在成绩、分数上，而是提出"为幸福人生奠基"的理念，从健康、道德、习惯和能力四方面为孩子们创造幸福人生。她带着老师们根据学生的需求设计、改良课桌椅，并提出"数字化校园"的理念，通过数字化校园系统针对每个学生进行个性化教学。很多老师当初不理解她的理念，后来真的应用了才体会到好处。现在，朝阳区实验小学的课桌和数字化校园系统都申请了专利，并被多个学校采用。抓了学习还要抓身体，陈立华力排众议，在每天阳光体育一小时的基础上又额外增加一节锻炼课，保证孩子们每天在学校的锻炼时间达到两小时。而为了让一些体重超标的学生加强锻炼，她还带着这些学生一起成立了小胖墩儿工作室。

陈立华说，小学六年对于孩子的成长非常关键，小学老师应该尽最大的力量去帮助他们设计或者创造，或者是提供一些成长的平台。她最大的梦想就是让孩子们在这些平台上尽量发挥他们的潜能，让他们未来的发展能够顺利一些，让这些孩子都幸福。

微评

曾经的名师，今天的名校长，陈立华不贪满分奇迹的光环，踏实为孩子们建立成长的平台，为孩子们的幸福人生奠基。她是真正的好老师，因为她带给孩子们的不仅是知识和幸福的童年，更有未来需要的能力。

赫捷：
仁心仁术，育人育德

赫捷，北京协和医学院教授，博士生导师。国务院政府特殊津贴获得者，曾获高等学校科学研究优秀成果奖一等奖、中华医学科技奖一等奖、北京市科学技术奖一等奖、北京协和医学院教学名师奖，被评为全国优秀科技工作者、北京市师德标兵、卫生部有突出贡献中青年专家、教育部优秀留学归国人员。

现为北京协和医学院教授、博士生导师的赫捷，从事胸部肿瘤的临床、科研、教学工作近三十年来，凭借精湛的手术技术和高尚的医德医风，为大量患者解除了病痛，并通过教学查房、手术带教、技能考核相结合的方法，培养了大批优秀的临床复合型人才，为促进我国胸部肿瘤外科事业的发展做出了重要贡献。

赫老师的学生李宝重至今还记得有一位晚期气管内肿瘤患者，肿瘤已经从气管内长到外面，没有手术机会了。家属得知病情后忍不住落泪。赫老师见状，用了很长的时间耐心安慰家属，如同对待自己的亲人一般。李宝重说："好多年过去了，这一幕却一直刻在我的脑海中，无法忘却。今天，当我面对我的病人时，无论我是疲惫不堪地刚下手术台，还是夜班睡梦中被家属叫醒，都会耐下心来，善待病人，善待人生路途中的每一个生命。因为老师做到了，学生没有理由做不到。"

河南省安阳市林州肿瘤医院的王成吉医生回忆说："我第一次主刀食管癌手术，是赫捷老师带我完成的。手术完成得很顺利，我有些沾沾自喜。术后，赫老师对我给予了肯定，同时问我这台手术还有哪些地方需要改进，我就答不出来了。赫老师从各方面给我仔细分析了这台手术，如解剖还不够清晰，止血不够彻底，出血量稍多，手法不够细致，过分追求手术速度而忽视了一些细节，等等。我这才知道，原来还有这么多需要改进的地方啊。"

"细节决定成败。"这是赫老师常常和学生们说的一句话，为的是让学生们懂得，只有注重细节，才能做好每一件事。赫捷认为，医学是与生命密切相关的学科，医科教师责任重大，医科学生培养得成功与否，直接关乎患者的生死存亡。正因为如此，作为医学教授，赫捷付出了比别人多得多的时间与精力。

赫捷十分关心学生的发展，针对每个学生的性格特点和基本素质，他有的放矢地去教学。对高傲浮躁的学生，他多施加压力以磨炼其意志，增益其所不能；对性格相对懦弱、做事缺乏果断的学生，他则不断创造机会给予鼓励，使其获得动力与自信；对于经济困难的学生他更是关爱有加，慷慨解囊。从2009年至今，赫捷每年都拿出节省下来的津贴，资助北京协和医学院、中国农业大学等校品学兼优的贫困大学生。一些学生走上工作岗位后想对老师表达感激之情，赫捷对他们说："用你们的劳动创造出价值奉献给社会，就是对我最好的报答。"

　　大医精诚，大爱无疆。作为一名医者，赫捷选择了默默奉献；作为一名教师，赫捷选择了奉献爱心。他和他的学生们用爱心搭起了拯救生命的桥梁，用奉献谱写了祖国医学事业的辉煌篇章！

李旭东：
把西藏学生的路照得更亮

李旭东，北京西藏中学教师。被共青团北京市直属机关工作委员会授予"优秀共青团员"，曾获"北京市教育援藏先进个人"荣誉称号。

2001 年，大学毕业的李旭东怀着对教育事业的热爱和对民族教育的憧憬，来到了北京西藏中学。

索朗来自西藏山南地区，家庭贫困，与母亲相依为命。索朗来到北京西藏中学的第一年，整整一学期就只穿一双鞋。从索朗的班长口中得知这一情况后，李旭东每个月都会从自己的工资中拿出 100 元给他作为生活费。刚开始的时候，索朗并不知道自己枕头下面的钱是谁放的。因为李旭东认为，索朗还是个孩子，自尊心很强，需要得到保护与尊重，为此他每次都是悄悄地把钱放在索朗的枕头下面。直到三四个月后，索朗才发现原来是李老师放的钱。每逢藏历新年，李旭东还会按照藏族的习俗给他添置新衣，使他能够像其他学生一样快乐地度过新年。

高三毕业时，索朗因为费用的问题，打算放弃报考向往已久的北京师范大学，而是去黑龙江上学。李旭东知道后，主动找到索朗，说服他留在了北京。

最终，索朗以优异的成绩考入北京师范大学。

为了能让索朗完成学业，李旭东坚持每月资助索朗 500 元生活费，还为他购置了电脑。不仅如此，李旭东听说索朗的母亲患有高血压，每到寒暑假，都会买好一年的降压药，连同往返西藏的火车票一同交给索朗。李旭东说，索朗虽然已经高中毕业了，但他仍然是自己的学生，作为老师，应该肩负起培养学生的责任。

索朗大学毕业的时候，李旭东为他饯行。不善言辞的索朗交给他一封长长的、言辞诚挚的信，信中说："我没有父亲，但是却在北京找到了父爱……"李旭东说："我们师生亦兄弟。我是在尽老师的职责，尽兄长的职责。"

如今，索朗已经成为西藏浪卡子县的一名教师，每每谈起李老师的时候，他总是充满感激地说："他改变了我的命运，我改变了我的家庭的命运。我正在把他给我的关心和帮助传递给我的学生。"

其美才旺来自西藏阿里地区普兰县的一个农民家庭。由于家乡地处偏远，学习条件落后，他的初中成绩一直不理想。为了使他在高中能尽快提高学习成绩，李旭东安排成绩好的学生和他同桌，和他同宿舍。正是由于这样的安排，其美才旺的成绩不断提高。高三的时候，其美才旺顺利考入了中国刑警学院。2007 年春节，其美才旺和几个同学在格尔木转车时钱包被窃贼偷去，其美才旺打电话向李旭东求助，李旭东毫不犹豫地寄去了 1000 元路费。等到其美才旺他们到达北京后，李旭东又张罗着给他们买去往东北的火车票，直至把他们送上火车。

李旭东说："面对一个素不相识的求助者，我们尚会施以援手，何况是自己的学生！藏族学生出门求学不易，作为老师，我就是他们人生路上的驿站，必须在他们困难的时候，在学习方面、生活方面以及精神方面给他们帮助。"

十四年间，每当收到学生短信让他歇一歇的时候，李旭东总是说："我是一名老师，愿意做班主任，也应该做班主任。我离不开藏族孩子。"每当听到学生家长说"会感激老师一辈子"的时候，李旭东总是说，关爱学生、教育学生是老师的职责所在，自己和学生之间是多年师生成兄弟。

微评

12 年前，他踏进北京西藏中学的大门，从那时起，就和西藏学生建立起不一般的师生关系。从教 12 年，他用自己的丹心热血哺育着藏族雏鹰。

史春旭:

矢志不渝,爱贵倾心

史春旭,北京市平谷区黄松峪学区教师。北京市平谷区教书育人先进工作者、优秀共产党员,获首都精神文明建设奖、北京紫金杯班主任一等奖,荣获平凡中的感动——首都十大教育新闻人物称号。

二十多年来,他把全部的身心都献给了山区的孩子,献给了山区的教育事业。他经常说,爱可以改变一切,有爱就有奇迹。他就是北京市平谷区黄松峪学区教师史春旭。

史春旭的班里有一个男孩子,由于从小失去了父亲,性格非常叛逆,经常逃学、骂老师、打同学。有时候,他会在课堂上肆无忌惮地骂人,扰乱正常的教学秩序。史春旭接手这个班后,经常把这个孩子接到自己的家里,让他感受家庭的温暖。史春旭常常对他说:"在我的眼里,你是最乖的孩子。"久而久之,以前的"疯孩子"如今变成了"乖宝宝",学校里经常能看到他跟在史春旭的身边,开心地笑,享受成长的快乐。

史老师不仅爱孩子，而且教育孩子的方法灵活多样，是一位深受学生爱戴的老师，更是学生的知心人。在他的班里，有一个女孩子，因为父母离异，养成了许多坏习惯——偷东西、逃学、罢课、骂老师、打架，而且性格固执、偏激。开学第一天，史老师力排众议，让这个孩子出任班长。史春旭认为，也许她的心里比其他孩子更渴望得到认可与尊重。在整整一年的时间里，史春旭从来没有批评过这个女孩。每当她犯错误的时候，史春旭总会给予她莫大的宽容与理解。后来，这个女孩在作文中写道："老师，我一次次地气你，你仍然当我是个好孩子。你让我相信了，这个世界上有对我好的人。你是我一辈子的朋友，我要重新开始。"

史老师的班里曾经有一个患有先天性脊柱裂的孩子，他大小便失禁，行动不便。有一次，这个孩子竟然以书面的形式给史春旭列出了七大缺点：心胸狭隘、阴阳两面、待人不诚、言语不雅、玩笑无度、养"狐"为患、有眼无珠，每一个缺点还用一个事例来说明。孩子私下里戏称这是史老师的"七宗罪"。史春旭并没有责怪孩子的恶作剧，反而从中发现了孩子身上蕴含的巨大潜能。在班会上，史春旭肯定了这个孩子的才华，表扬了他仗义执言的作风。后来史春旭还让这个孩子做起了卫生委员的工作，并且让他负责班级论坛的组织工作。这个孩子就问史春旭："老师，我是个残疾人，您不小看我，还让我当班干部，可我又有好多事儿做不好，为什么还坚持让我做呢？"史春旭说："老师给你这么多的机会和责任，只是为了让你得到锻炼，将来可以独立生活。"

微评

　　没有轰轰烈烈的事迹，也没有生死关头的考验，一所普通的山区小学，一位普通的小学老师，带领着孩子们追求简单的快乐。对他而言，能和孩子们一起游戏，一起快乐，陪伴着孩子们长大，就是属于他的简单的幸福。

王苏芬:
学生们的"老妈"

王苏芬,中国音乐学院声乐教授、硕士生导师。国家一级演员,中国古典诗词歌曲演唱和普及专家,被全国妇联列为中国妇女 500 杰。

中国音乐学院的王苏芬拥有中国著名女高音歌唱家、国家一级演员、中国古典诗词歌曲演唱和普及专家等众多头衔,但她常说,她最爱的还是学生们对她的亲切称呼"老妈"。

1964 年,王苏芬参加了歌舞剧《东方红》的演出,受到了毛主席与周总理的接见。1974 年,一首《海上女民兵》使王苏芬一举成名。1984 年,王苏芬参加由我国香港、新加坡、马来西亚、菲律宾等地共同举办的南音大会唱,以一首南音《望明月》轰动东南亚。

1984 年,王苏芬拜中国艺术研究院傅雪漪为老师,开始学习古典诗词歌曲,从此与古曲结下了不解之缘。为了我国古曲的传承和发展,她尽心尽力。

"中国的古典诗词,体裁独特,内容博大精深;演唱古典诗词,是弘扬民族文化的一个不可或缺的方面。我今年都 70 了,还带着研究生,但社会上喜欢和愿意从事古曲研究和演唱的人越来越少，古典诗词正面临无人演唱、无人能教的危险！"王苏芬谈起古曲传承的现状感慨万千。

在教学上，王苏芬特别强调"德才兼备"。她说："一个人类灵魂的工程师应该有责任心，不仅应该培养学生的艺术才能，还应该培养其道德言行！"

现在，虽然年事已高，王苏芬仍然坚守在教学一线，教本科生、研究生，甚至免费的"草根班"，教学占据了她生活的大部分时间。每年毕业季时，她更是个大忙人，每个学生的毕业音乐会，她都会早早地出现在现场。

"先吃个苹果，别紧张！相信自己！"王苏芬老师一边削着苹果，一边鼓励着即将上台演唱的学生。

"谢谢老妈，我不会让您失望的。"学生付饶感动地说。

为了付饶的这次毕业音乐会能够成功，一个学期以来，王老师几乎每周五下午都对她进行一对一的指导。不仅如此，王老师还为她毕业后的工作费尽心思。

"王老师比我的妈妈还要关心我。我家不在北京，身边也没有亲人，而我们的老妈王苏芬老师经常给我带好吃的，还教会我很多唱歌技巧。"付饶激动地说。

为给后人留下一些文化遗产，王苏芬用几年的时间研究编写了三套书，并自费出版、录制。

每当看到自己的学生成长起来，王苏芬都会有一丝的满足，但她又感觉到自己要走的路还很长很长。

微评　　一位早已功成名就的老人，没有人要求她必须做什么，为什么她还要费那么大力气坚守在教学研究的第一线？王老师用她的行动为我们诠释了什么叫责任。

赵淑芳：
十五年家访寄深情

赵淑芳，北京市国子监中学语文教师。先后被评为北京市东城区优秀班主任、随班就读先进工作者、法制教育先进个人、师德标兵、紫金杯优秀班主任。

"教我们语文的赵老师，我们都叫她'赵妈'。"

"遇到这样的好老师是我们一生的荣幸！"

这是北京市东城区国子监中学贴吧网站中的学生留言，学生们口中的"赵妈"是学校的语文老师赵淑芳。她从事教育教学工作三十多年，担任过十五年的班主任，用诚心、爱心、慧心对待每一个学生。

家访是国子监中学德育特色之一，而赵淑芳的家访更是与众不同。在家访的设计上，除了精心备课等环节外，对交通工具她也有所考虑：依学生上学情况来定。学生骑车，赵淑芳骑车；学生乘公交，赵淑芳乘公交；学生步行，赵淑芳也步行。她的目的是要通过家访掌握学生们上学的路线、时间、路况，遇到学生没按时到家，家长询问时，心中有数。其实，赵淑芳早就患有严重的关节炎，两条腿关节粗细都不一样，但是她依然不顾病体，长年坚持做家访工作。

赵淑芳是一个非常细心的人，每次去家访的时间都要精心考虑。为了不让家长请假，她总是利用家长零散的休息时间去家访，而且尽量避开周末。

家访中，赵淑芳非常关注细节，从精神面貌、衣着装饰、语言交流方式等各方面加以注意，积极主动与家长沟通，营造与家长和谐交谈的气氛。她总是态度诚恳、谦和，不盛气凌人；有礼有节，不懦弱求人；从不会对后进生的家长流露出厌烦情绪。家访时赵淑芳遵循"帮、细、激"三字原则，即对生活贫困生家访要"帮"，对行为极端生家访要"细"，对班级的中坚力量家访要"激"。

谈到家访的体会时，赵淑芳说："我觉得跟短信、电话联系比，家访是面对面的交流，这种情感沟通的魅力是其他方式所没有的。"

赵淑芳常常把家访轻松地形容为走亲戚，可有时这个亲戚并不容易攀。曾经有一个学生抱着"混"的想法，来到赵淑芳所教的班级复读。赵淑芳却不愿就此放弃。放寒假的时候，她到这个学生家去家访，结果这个学生什么作业都没做。赵淑芳就问是怎么回事，家长说孩子书本丢了。赵淑芳说："不可能，我帮他找。"于是她在学生家里翻箱倒柜地找了一个多小时，把书找齐了，然后又给学习委员打电话，一项一项地问清作业，一页一页地把书折上角，然后告诉这位学生应该怎么完成。这件事让家长特别感动，学生妈妈红着眼圈说："赵老师让我们全家都无地自容了。"家长由无奈到感动，见证了赵淑芳对学生的一颗慈母之心。

十五年来，赵淑芳带了五届学生，家访总人次达到九百人次，平均每人五次，平均每个寒暑假家访十五到二十天，日常的家校短信、电话多得就难以统计了。赵淑芳说，班主任工作千头万绪，勤劳是基础。她说："这个勤，就是腿勤、眼勤、嘴勤，但是这三勤都源于心勤。心要是不勤，想不到，就一定做不到。"

赵淑芳老师十五年的家访工作风雨无阻。病痛无阻，她不断创新，形成独特的家访工作方式、方法，为家校教育形成合力打下基础。她把家访做到了学生和家长的心里。

冯翠玲:
国际化学院的"中国好书记"

冯翠玲，天津大学药物科学与技术学院党总
支书记，获"天津市级优秀党务工作者"称号。

　　创建于 2001 年的天津大学药物科学与技术学院，是天津大学开办的一个国际化试点学院，75% 以上的教师都具有海外留学或从业经历，还有部分教师是外国人，院长也是从国外知名大学聘来的外籍人士。多元文化的背景差别，使教师之间在工作理念和习惯方面矛盾频出。为此，2003 年 5 月，校党委选派熟悉党务和学生工作的冯翠玲担任学院党总支书记。39 岁的冯翠玲虽然刚刚做了肿瘤切除手术，但丝毫没有犹豫，立即接下了这份重任。

　　首任院长赵康是美籍华人。由于长期在美国工作、生活，他对国内大学的有些做法不太理解。在一次研究生入学典礼上，他表示政治课教学效果差，不应该再开。冯翠玲当即指出，学生思想政治教育很重要，政治课教学效果差是因为没有讲好，应该提高授课质量，但决不能砍掉。性格直率的赵康当场把她轰了出去。冯翠玲在楼道里转了几圈，觉得自己不能撒手不管。于是，她面带微笑地回到会场上，并重申了自己的意见。会后，她又不断地与赵康进行沟通，使得赵康的认识逐渐有了转变。赵康后来每次提起这件事都会说："冯翠玲真正把天津大学、药学院和学生放在第一位，居于个人利益之上，执着而富有激情。从她身上，我看见了一个真正的共产党人的风格。"

冯翠玲办公室的门总是敞开着，无论是教师还是学生，随时都可推门就进。大家都知道，有困难找书记，而她更是把学院的每一名成员都视为家人。老师们都说："冯翠玲是学院的灵魂。没有她，就没有天大药学院的今天。"

比利时人安·菲利普到校任教后，冯翠玲帮他联系了天津大学国际教育学院学习中文。后来，菲利普娶了一位中国妻子，俩人的婚礼就是冯翠玲张罗的。菲利普称赞冯翠玲"具有包容性，善解人意，能把不同文化融合在一起"。

为了让新任院长西格尔能够更安心地工作，冯翠玲把西格尔在苏黎世大学的工作环境都拍成照片，整个暑假，冯翠玲没有休息一天，组织人员在药学院原样"复制"了西格尔原来的办公室和实验室。西格尔对此大为感动："她为学院发展扫除了观念上的冲突和障碍。她是我忠实的合作伙伴！"

受到冯翠玲无私爱护的除了老师，更多的还是学生。学生把她视为"领航人""知心妈妈"，由衷地感谢她、爱戴她。同学们都记得冯老师说过的一句话："你们不放弃，我就不放弃；即使你选择放弃，我也不会放弃。"

在冯翠玲的影响下，很多同学毕业后响应国家号召，扎根基层做村官，奔赴西部搞建设，参军入伍保边疆。药学院首届毕业生、留校任教的柳丰林说："从我担任新生辅导员开始，冯书记就手把手地教，为我的成长搭台子，一直是我的职业领路人，至今我做人的价值观仍主要来自她的影响。"

"境界高""忘我"，是学院师生对冯翠玲的一致评价。两次查出恶性肿瘤并进行手术后，她都忍着化疗的巨大痛苦，每天不到8点就出现在办公室。她把每次化疗的时间都选在周五，为的是周末休息两天后，周一能够继续工作。

天津大学党委书记刘建平说："考虑到她的身体状况，学校党委决定调她从事轻松点的工作。然而，她为大局考虑，硬撑了下来。"对此，冯翠玲平静地说道："我大概是没有什么私心。活着，就感到生命价值的可贵。"

 她是"心灵知音""知心妈妈"，学生心中的航标灯；她也是师生爱戴的基层好书记，深受外籍院长的信任和尊重；她更是一名坚定的共产主义战士，用生命诠释着一个共产党员的信仰与忠诚。

宋津丽：
呵护雪域的心灵

宋津丽，天津铁道职业技术学院西藏中职班教师。曾被评为优秀教师、优秀辅导员、"三八"红旗手、优秀班主任、天津市劳动和社会保障局先进工作者、天津市师德先进个人等。

宋津丽是天津铁道职业技术学院西藏中职班班主任。班里的藏族学生年龄差距较大，小的只有 13 岁，大的二十岁出头，来自西藏七个不同的地区。这些藏族学生天性粗犷、憨厚、纯真，还有着倔强、不喜束缚、喜欢自由和敏感的个性。加上远离家乡和亲人，以及生活习俗的不同和语言的障碍，管理这个班级的难度比普通班级要大很多。

"一开始，有些老师们觉得应该严格管理这个班，但是我觉得应该先把爱放在前面，他们要是接受了你，你怎么管都行。"宋津丽用行动印证了自己的话。

三年来，宋老师坚持每天都到学校和西藏学生会面，每周至少三天住在学校里保证二十四小时与西藏学生生活在一起。每逢重要的节假日，宋老师和她的团队总是与西藏学生们一起度过，中秋节和他们聊天赏月，除夕和他们守岁欢庆，"五一""十一"长假则带他们外出参观、郊游，有时候还会带着他们去她爸爸妈妈的家做客。

"我想让他们有一种家的感觉，就带他们去我家，去我爸爸家。现在他们经常问'爷爷怎么样了，我们去看看爷爷'，特别好。"宋老师说。

宋津丽像母亲一样无微不至地照料着每一个西藏学生的生活，关心他们的生理、心理健康。比如常常叮嘱他们饭前洗手、睡前洗脸洗脚；每周催他们洗澡、换洗衣服和床单，养成健康卫生的好习惯。当学生们遇到困难和有急需时，宋老师都会毫不犹豫地自掏腰包帮助他们，还给他们买书包、文具和天津小吃。宋老师常说："孩子们嘴馋，又离家在外，我当他们的老师，也是他们的家长，应当适当满足孩子好奇多变的口味。"现在，这里的孩子们见了她就喊"妈妈"。

回忆起第一次有人叫她妈妈，宋老师说："第一次应该是男孩子喊的妈妈，我觉着也不是特别的惊讶，好像很自然。"

这一百五十名藏族学生的学业问题是宋老师尤为担心的。他们年龄差距大，学习基础不同，给正常的教学带来了一定困难。几门专业课程开课后不久，不少学生就产生了畏难情绪。面对这种情况，宋津丽表现出了极大的耐心与细心。三十多年的教学实践使她深知，基础是最重要的，只有夯实基础，过了语言基础关，才能掌握打开专业课大门的钥匙。

为此，她为学生们买来幼教读物、童话故事、励志图书，还把家里的书也捎上，在班里办起了图书角。她为学生买了练字本，要求学生每天练字，或摘抄报纸书刊上有意义的文章，还为学生办起了汉语补习班。三年来，她不厌其烦地给学生每天练的字写评语，鼓励学生以培养他们学习汉语的兴趣。

"我相信，爱是能够感染和影响人的，甚至影响人的一生！"宋老师以此为信念，关爱着她的每一个学生。

微评　　大爱无疆。她把她的爱分给了每一个学生，而每个学生感受到的却是她完整的一份爱。能做到这样真的不容易，我们的学生需要这样的爱，需要像宋津丽这样的好老师。

张璐：
学生快乐，我就快乐

张璐，天津市华辰学校教师。天津市优秀少先队辅导员，天津市十佳辅导员，第九届全国十佳辅导员提名奖获得者，天津市师德先进个人，天津市五一劳动奖章获得者。

在天津市华辰学校有一位舞蹈老师，她表面上看与普通人没什么区别，指导学生们练功的时候更是活力十足。但了解她的人都知道，她一是位红斑狼疮患者。她的名字叫张璐。

2007年，张璐突患系统性红斑狼疮，但是坚强的她没有把这件事告诉任何人，而是以顽强的意志面对生活，以饱满的热情投入工作，用微笑感染着身边的每一个人，以积极、乐观、向上的生活态度影响着学生。虽然医生说她终身都要靠激素和药物来维持生命，并一再强调不能过度劳累，但她不顾家人的反对，继续坚持工作。她说："即使明天倒下，今天我也要唱响生命之歌！"

2009年，张璐的病情恶化，不得不接受化疗。化疗药物使她乏力、头晕、恶心。为此，医生特别强调，每次用药后都必须卧床休息。而此时学校恰好承担了天津市运动会开幕式的演出任务。为了不耽误排练，张璐经常是上午去医院化疗，下午赶回学校排练。由于日晒是狼疮病人的大忌，她便用一块头巾紧紧地包住脸，坚持站在操场的主席台上指挥排练。

四年级有一个女生叫吴靖雯，她认为自己没有什么出众的特长，很是自卑。为了消除她的负面情绪，张璐努力寻找靖雯身上的闪光之处。慢慢地，张璐发现她的声音很浑厚，就利用课余时间教她练习朗诵，并让她担任学校的广播员，还鼓励她参加比赛。可是，吴靖雯在舞台上总是缺乏自信。这时，学校正好排练新舞蹈《冲》。于是，张璐抓住这个机会，让完全没有舞蹈基础的靖雯当领舞，并且为她安排了一个动作比较简单却十分重要的"雅典娜"角色。这个决定激发了吴靖雯的自信。她说："张老师，您放心！我一定能演好！"演出时，舞台上一身洁白服装的"雅典娜"高举火炬，美丽大方。从那以后，这个默默无闻的小女孩变成了学校里的文艺骨干，先后代表学校获得了演讲、声乐、健美操等多项比赛的好成绩。如今吴靖雯已经升入高中，离开了母校。但她每每谈起张老师的时候，总是泪流满面。她在微博中写道："没有张老师，就没有我的今天。"

张璐把美好的青春和充沛的精力全部投入她所热爱的教育事业中。现在，因为激素药物的作用，张老师体重已由原来的九十多斤增至一百五十斤，但她依然是学生眼中那只翩翩起舞的美丽蝴蝶，是他们心中最棒的老师！

微评

她经常对学生们说："你快乐，所以我快乐。"她以积极、乐观、向上的生活和学习态度，感染着身边的每一个人。她用人格铸造人格，用生命化育生命。

蔡忠明：
一位体育老师的大爱情怀

蔡忠明，上海第二工业大学体育部教师。2007 年度上海市科教党委系统社会主义精神文明十佳好人好事荣誉称号获得者，2009 年度上海第二工业大学"三全育人"先进个人，2011 年度上海第二工业大学优秀共产党员。

"锻炼学生体质，培养学生品质"是他从教的信条，"在自己所及的范围内，帮助那些需要关爱的人"是他为人的信念。他就是蔡忠明，上海第二工业大学一名公共体育课教师。

"十元钱在你们看来或许只是个很小的数目，但你们想过怎样才能挣到十元钱吗？有同学为了自食其力，每天在食堂默默地收拾碗筷勤工俭学。换作是你，你能做到吗？"当你听到这样一番话，可能会以为是思政辅导员在与学生谈心，其实说话的人就是体育老师蔡忠明。

"是他打开了我的心结。"说起蔡老师，现已大三的学生小张充满感激。每年的九月，面对全新的大学环境，新生总是满怀喜悦与期待，而小张却因读的不是自己喜欢的专业而闷闷不乐。开学已两周，内向的小张从未向他人提及此事，然而，他的"心事"还是被细心的蔡老师发现了。

通过交谈，蔡老师了解到小张是名古籍爱好者，而现在的专业与其爱好相差甚远，所以情绪低落。蔡老师以一位长者的身份告诉小张，大学里不仅要学专业知识，更重要的是学做人方法与处世之道；人生的道路并不总是一帆风顺的，不要轻易言弃。虽然这个道理很平常，但因为蔡老师的"主动"与"关注"，让小张对大学有了新的认识，也明确了今后努力的方向。此后，小张的态度发生了转变，开始了健康向上的大学生活。

蔡老师每周带五到七个班级的课，一个班有四十多名学生，要在课上洞悉学生心理并不容易，然而，蔡老师总能通过学生的行为与细节察觉他们的思想波动。

作为一名有着二十多年教龄的教师，在长期的教学实践中，蔡老师有自己的感悟：体育是学校教育的一个重要环节，尽管体育是公共课，学生来源广、流动性大，但体育教学也有其自身的优势——面对面、手把手教学，这种近距离的接触，更能让教师观察到学生的想法，对学生的教育和引导也就更具针对性。因此，他上课从不马虎，更不放过每个了解学生的机会。每学期的第一次体育课，蔡老师就将自己的手机号告诉大家，便于联系；他还详细地记录下每个学生的联系方式，了解他们的个性和特点，以便有的放矢地开展教学。

在上海第二工业大学的校园内，蔡忠明老师信守承诺，十多年如一日扶助患病老人周宁贯的事迹广为传颂。周宁贯是原上海体育师范学校的退休教师，身患高血压、冠心病、糖尿病等多种疾病，作为同事的蔡忠明虽与周老师非亲非故，但经常上门帮他料理家务。退休时，周宁贯说："我退休了，可别把我忘了。"蔡忠明说："您放心，我会经常来的。"这一句承诺，蔡老师一守就是十来年。

2012 年，老人在生命的最后阶段常处于昏迷状态，谁都不认识了，蔡老师依然会去医院看望他，陪伴老人直至他生命的最后一刻。

蔡忠明老师将其对教育的热爱化作涓涓细流润泽学生的心田，将其对他人的关爱化作和煦春风温暖受助者的心灵。在与学生、与他人的交往中，那看似寻常的一次次谈心、看似平凡的一件件小事，体现了师者最深厚的情怀，赢得了广大师生的尊敬与赞扬。

洪汉英：
边疆家访路，让爱走进心灵

洪汉英，上海中医药大学少数民族学生辅导员。曾被评为 2007 年新疆大学生思想政治教育先进个人，2011 年上海市教卫党委系统"创先争优·师德标兵"，2011 年全国高等中医药院校优秀辅导员，2011 年上海市辅导员年度人物，2012 年上海市优秀思想政治工作者；2012 年当选党的十八大代表。

洪汉英是上海中医药大学少数民族学生辅导员。每个假期她都会踏上开往新疆的火车，不是去旅游，而是进行家访。这千里迢迢的家访，她已坚持了四年。

她的笔记本里有全校 267 名新疆同学的电话和家庭地址，名字上画着圈的，表示需要"特别关注"。这些学生，有些新近遭遇家庭变故，有些来自单亲家庭，有些是期末考试有挂科的。她说："我是锡伯族人，非常理解少数民族孩子离开家乡到一个陌生环境时的那种焦虑感甚至自我封闭。家访既是了解学生情况，也是为了让他们的家人安心。"

洪汉英曾经是新疆医科大学法律基础与思想品德课的教师。由于她精通维吾尔语、哈萨克语和锡伯语等少数民族语言，2009年上海中医药大学聘她任少数民族学生辅导员。

"2012年我家访的第一站是伊犁，看望了当年刚刚毕业的肖克来提，他在当地医院适应得很不错！"洪老师的声音里满是欣喜。肖克来提被伊犁地区最好的一家医院录用了，可这个小伙子当初差点被淘汰，因为学校每年有5%的淘汰率。

2009年，洪汉英刚接手肖克来提所在的这个班时，就发现他的情况很特别，不仅拖欠着一些学费，还有很多科目不及格，任课老师也反映上课时他常常不在状态。洪汉英找到肖克来提，得知他父亲不久前去世了，母亲为照顾父亲提前退了休，每月只有600元收入，家中还有个妹妹正在上高中……小伙子为此心神不宁。洪汉英鼓励他要做个男子汉，承担起家庭重担；有任何困难尽管提出来，她和学校都会伸出援手。期末，肖克来提的功课全部及格了。细心的洪老师又了解到肖克来提的父亲是乌兹别克族，他小学时学过俄语。她马上想到，新疆的医院常常有哈萨克斯坦、乌兹别克斯坦等国的居民来看病，肖克来提会俄语又会英语，他的就业之路肯定更宽阔，于是便鼓励肖克来提重新学习俄语。

毕业时，肖克来提填了五个志愿，洪老师就拿着他的简历跑了五家医院，最终他被第一志愿——伊犁哈萨克中医院录用。这家医院本没有招聘计划，但看到老师为推荐学生执着地连跑两趟，改变了主意。

在洪老师的努力下，她的新疆学生实现了近100%的就业率。每年寒暑假，除了家访，她还辗转南北疆回访已踏上工作岗位的学生，了解学生工作情况，返校后根据学生的切身体会与信息反馈，有针对性地做好在读学生的工作。

洪汉英说："新疆学生来上海后，容易陷在他们自己的小圈子里，既不大跟汉族学生沟通，也不太愿意主动和老师沟通。只有满腔热情地关心他们，才能使他们敞开胸怀。我家访时家长也说，不太愿意孩子考到陌生的地方去读书，担心孩子受欺负，但经过我的解释，家长们都放心多了。"

微评

如果说，少数民族学生多是上海中医药大学一道亮丽的风景，那么，作为学生的"知心姐姐"，洪汉英就是这一道风景中异常亮丽的一笔。她坚持千里家访，一心一意为了少数民族学生，是师之榜样。

黄权:

"辛灵"细雨

黄权,上海市杨浦区辛灵中学德育主任。全国工读系统优秀班主任、上海市模范教师、上海市优秀班主任。

黄权,上海市杨浦区辛灵中学德育主任。十几年前,他来到了这所工读学校,开始了特殊的教师生涯。他担任班主任、政教主任,把学校德育工作管理得井井有条。课堂上,他很严格,课下,他又像慈父一样关心着每一名学生。

"说实在话,买点水果只不过是我们的一点心意,这个孩子确实挺可怜的,我们尽一点绵薄之力也是想让他开心一点。"黄权老师下班后的大部分时间都用在家访上,学生小鹏家是他经常去的地方。

小鹏是辛灵中学初二年级的一名学生,他的妈妈从小就离开了他,他曾亲眼看过父亲跳楼,还看到同学自杀,这些不幸的遭遇让他变得不爱回家,从此迷恋上了网吧。来到辛灵中学后,在黄权老师的照看下,刚对学习产生兴趣的小鹏不幸染上了肺结核。没有了父母的小鹏只得靠爷爷、奶奶微薄的退休金治病,而这一切被细心的黄权老师挂在心上。黄权老师经常和其他老师一起去家中看望小鹏,还不时地拿出自己并不多的工资填补小鹏家的开销。

"黄老师，还有班主任老师他们都很好，一直以来照顾我们，我们很感激黄老师，真的很感谢，很感谢。"小鹏的奶奶流着泪说。

"你是爷爷、奶奶的希望，所以你要尽快好起来，我会尽全力帮助你，让你早点回到学校。"面对病床上的小鹏和含泪的两位老人，黄权老师不断地鼓励他们，又一次悄悄地留下一个装着生活费的信封。

如今学校里有七十多名学生，几乎每个学生家黄老师都去过，特别是对那些家庭困难的学生，他每次都会出手相助。在外野惯了的孩子刚开始都不太适应辛灵中学的生活。想让这些孩子心服口服，黄老师的秘诀只有一个字：爱。

"我想走后门就走后门，想走前门就走前门，你去打听打听，我在原来学校，老师的耳光随便打！"学生小杨喊着冲出教室。原来午休时，小杨带着零食偷偷溜进教室，值班老师发现后，劝阻不成，便上演了激烈的一幕。

黄老师听到后，赶紧从办公室出来拦住小杨，带他来到休息室，问道："打我耳光还是打这个沙发？"此时，小杨双拳紧攥，两眼通红，对着沙发就打，持续了好一会儿，小杨气喘吁吁地停了下来。

此时黄老师突然提高音量说道："那个老师太不尊重你了，怎么能这么对我们人见人爱的杨同学呢？"听黄老师居然这么说，小杨一下子有点摸不着头脑。"等下我去狠狠地批评她！"黄老师接着说道。小杨显然是愣住了，全身竖起的尖刺一下子软了下来，马上说："老师，那不用了，我也不好！我也不能让您为难！""这就对了，这就像个真正的男人了，男同学就是要敢于承认错误，有时承认错误是需要巨大勇气的！"

"采用师生双方都愿意接受的方式，架起心灵沟通的桥梁"，正是黄权老师一直遵循的原则，他常说："雪中枯黄摇落的树叶，但脉络间依然存着绿的希望，要尽一生衬托着、护卫着。"

　　学生的怒火需要用爱心和真诚来浇灭。爱心，很多老师都有，但他们却不知道，耐心是爱的基础。对孩子，一次爱个够，是不行的。对孩子，特别是在工读学校里的孩子，得有爱他一万年的耐心。

项恩炜:

"80 后" 的教师誓言

项恩炜,上海市卢湾高级中学语文教师。曾被评为 2007 年度上海市卢湾区先进个人。2011 年《脑科学:破解教育难题的新视角》一文获上海市首届创新教育征文一等奖。2012 年获上海市班主任基本功大赛一等奖。2012 年获长三角教育叙事征文二等奖。2013 年获"黄浦好人"奖。

项恩炜,自 2004 年 7 月华东师范大学中文系毕业,进入上海市卢湾高级中学任教已经有十一个年头了。诚如其所说的那样:"教师职业,我喜欢。这个职业,是我自己所选,也为之付出许多,所以我很珍惜。"

"两节语文课雷打不动的就是主题阅读,然后还有一节课是劈开来的,一半时间是请外面的书法老师教书法,还有一半时间专门来做实用文体介绍,比如怎么写借条,怎么写请假条,等等。这些是我们教材当中没有的,我得把它们补进去。"这就是项恩炜的教学思路。

从 2008 年开始,项老师将每周五节课的语文课,细分成了"主题阅读"

"写作序列"和"教材学习"三个模块。

"光是学书本上的东西，我们并不是特别感兴趣，讲一些我们接触不到的、感觉很好奇的东西倒是挺有意思的。"学生黄凯文这样评价项恩炜的语文课。

作为一名"80后"，项恩炜深受父母和恩师的影响，毕业后毅然放弃了公务员、出国深造等机会，只身留在上海，圆了他的教师梦。而多年来，他一直处于"四处求学"的状态，坚持撰写了八年的教育教学博客，做了上百个学生学习个案，逐步形成了有特色的"个案学法诊断与指导"的学习辅导方法。

2013年5月底，项老师所带的"班级"举行了文理分班前的最后一次班会。同学们利用这次机会，和大家一起分享了自己的成长经历，分享了自己和语文老师、班主任项恩炜之间的师生故事。

"其实我遇到过非常多的困难，那时候很长一段时间里我的心情都非常低落，然后都是通过'慕醒'跟项老师进行一些交流，还有一次在班级里跟他长谈了一次，我的心结才慢慢打开。"巢佳佳同学这样回忆道。

巢佳佳同学所说的"慕醒"，是项老师作为班主任以来在班级中开展的一个活动。项老师让同学们每天记录下自己学习生活中的烦恼与快乐，而他则会为每一名同学答疑解惑。项老师说，之所以会用这种方法和同学们交流，是因为他把每个学生都看作一颗种子，而他就是那个育种人。

"我希望能够帮到学生，当然也是助人自助，我帮学生的过程，自己也在不断成长，学生也给我留了很多种子。"项老师用这个形象的比喻解释了自己和学生们之间的另一层关系。

微评

　　"板凳须坐十年冷，文章不写一句空。"回顾以往，项恩炜"清点行囊，继续上路"。他用实际行动，践行了自己当好老师的承诺。

祝郁：
把自信传递给学生

祝郁，上海市嘉定区迎园中学校长。

　　上海市嘉定区迎园中学有一面"笑脸墙"，站在墙前，校长祝郁能如数家珍地道出每一张笑脸背后的故事：这个孩子平时是"皮大王"，可吹起萨克斯来却相当认真！这个小姑娘很爱笑，在班级里的人缘非常好！……

　　2004年，祝郁经公开选拔，成为迎园中学的校长。她留意到学校里很少有学生主动问候老师，师生间的沟壑让她感到疑惑。询问学生们后，她惊讶地发现，原来最主要的原因并非是学生害羞，而是因为"即使叫了，老师也总是不理睬我们"。为了扭转这一现象，她要求老师们每天清晨在校门口执勤，并要大声地向学生们问好，"要让孩子彬彬有礼，老师首先应做到尊重学生，带头笑起来"。

　　祝郁还把专业的形象设计师请进校园，为老师们做有关形象设计的讲座和指导。2005年，学校成立了教师时装表演队；2006年，祝郁又在校园里开设了教师美容院，免费向教师开放。艺术团、读书会、钓鱼协会、书法协会、摄影协会……社团活动丰富了老师们的精神生活。在祝郁看来，教师首先应关注自己的生存状态、生活质量和人生价值，才能成为学生成长道路上的标杆。

在迎园中学，祝郁倡导并鼓励教师相互合作，开展"立体"的校本课程。以皮影课程为例，学生从语文课本中挑选古文，自己改写剧本，然后在皮影课上动手制作皮影部件，再翻阅相关资料，在美术老师的指导下上色，同音乐老师配合给演出配乐。祝郁说，学生进入学校后的所有活动都是课程。教师最重要的责任就是引导学生产生兴趣，并让学生掌握正确的学习方法和思维方式。

"教师并不总是与'默默无闻''无私奉献''蜡烛'这些词语连在一起的。"祝郁说。作为普通人，教师也需要赞赏与激励，而被教师们亲切地称为"精神红包"的赞赏卡，就是祝郁的独特法宝。

2004 年 9 月，从江苏省某重点中学调到迎园中学的高级教师陶大春成了祝郁的重点关注对象。在连听了三堂课后，祝郁给陶老师写下了一张赞赏卡："我非常欣赏你幽默而睿智的教学风格，严谨而踏实的工作作风。你的不断反思给我留下了极其深刻的印象。你有着一个特级教师所具备的所有潜质。相信经过你的不断努力，'陶大春'三个字会享誉全区乃至全市的。作为校长，我为有你这样的同事而自豪。"

每一张卡片，都记录了祝郁对教师们点滴进步的关怀，也寄托了她最想传递的理念："我要激活教师对生活的热爱，鼓励他们把对生活的热爱表达出来，把自信传递给学生。"

祝郁始终坚信："教育是一种诗意的修行，是用生命影响生命、用生命温暖生命的过程。"

微评

　　她是一位可敬的校长。"不能用同一把尺子去衡量每个孩子，我们要懂得赏识，每一个孩子都有花开的时候。"她让每个孩子都成为最好的自己。她常说，教育就是要让受教育的人感到成功，这才是教育的魅力。

彭荣峰:
孩子们的"第二父亲"

彭荣峰,重庆市长寿中学地理老师。

如果有一天,你被告知再也不能走路,一辈子只能坐在轮椅上,你能坚强地面对现实吗?在这种情况下,你能坚强地活下去吗?

"感谢青春,感谢那时年少,感谢我们的足印里有你,我们的第二父亲。"这是重庆长寿中学高二(26)班的学生们在一次班会上,对地理老师彭荣峰说的话。

1996年的一场车祸,不幸使彭荣峰腰椎粉碎性骨折。当时他被医生断定可能瘫痪,即使恢复良好,也要在轮椅上度过余生。然而彭荣峰老师却创造了一个医学上的奇迹,当他凭借着自己的毅力重新站上三尺讲台时,他的每一名学生都被他的坚强所震撼。高二(26)班的学生们说,彭老师第一次在班上说起这件事时,虽然用的是很平实的语言,却让班里的许多同学感动落泪。

在学生们的眼里,彭荣峰一直都是自己遇事坚强不放弃的好榜样。其实,那场车祸发生后,这个坚强的老师也曾有过自杀的念头。"当时我身上插了很多管子,我以为把身上的管子全部拔掉就能死掉了,但是拔掉以后还是没有死。

后来我想，我的孩子才一岁多，还有这么多的亲人，我绝对不能就这样放弃。"就是这样的信念，支撑着彭荣峰走过那段受伤后最难熬的日子。他坚持扶着床自己锻炼，从几个下蹲开始逐渐增加到一百个、两百个。在不断努力下，他终于慢慢地站了起来，丢开了双拐。

然而由于脚上始终受不了力，虽然可以走路，但是彭荣峰老师的腿仍然没有知觉，甚至开始萎缩。他上楼梯必须扶着扶手，而且每时每刻腰都在疼，有时候还会大小便失禁。可是这些都没有打倒彭荣峰老师那颗坚强的心。无论多疼，他也要坚持工作。在车祸之后刚刚能站起来的时候，彭荣峰老师第一个要求就是回去上课。

彭荣峰老师的妻子赵琼芳曾经也是一名老师，为了丈夫她放弃了更好的工作机会，全心全意地来照顾他。彭荣峰老师刚恢复上课，每天都是赵琼芳扶着他前往班级上课。彭荣峰老师还坚持资助学生，赵琼芳说每月丈夫的工资发了之后，都是先给他资助的学生寄钱，然后才将剩余的交给她。

"人不能总活在自己的世界里。"这是彭荣峰老师对班上的一名学生说的话。彭老师时常用交心的方式感动着他的学生们。高二（26）班地理成绩本来不是很好，但在彭老师任课后成绩有了明显的提高。他那坚强的毅力给学生们树立起了一个好榜样。

微评　　彭荣峰，是一个平凡的人，但他用坚强的意志，克服了自己身体的残疾与病痛，坚持站在这三尺讲台，创造着一个又一个奇迹。与其说是奇迹，不如说是生命对于坚强最完美的诠释。彭荣峰，这个学生们眼中的"第二父亲"，用他的坚强感动着身边的每一个人。

王大治：
"爱心摩旅"走山乡

王大治，重庆市綦江区赶水中学政治老师。国家注册心理咨询师，社会志愿者。

　　2013年5月的一个周末，在重庆市綦江区赶水镇，一支由赶水中学老师王大治带领的"爱心摩旅"助学车队向着住在藻渡村的贫困学生张雪梅的家出发了。

　　在赶水中学读初二的张雪梅，父母三年前外出打工，后来失去了音信，爷爷奶奶身体不好没有劳动能力，弟弟还在上小学，家庭很困难。虽然张雪梅的住宿费靠国家资助政策已经免去了，但是订报纸、买学具等额外开销她依然拿不出来。此次"爱心摩旅"的老师们给张雪梅家送来了米、油以及日常的一些生活用品，得知张雪梅的弟弟生活费也没有着落时，车队的老师们当即决定从公共经费中拿出1000元钱给她的弟弟做应急。

　　从王大治老师进屋起张雪梅就一直在哭，她说："因为家里穷，第一次接受帮助，有点不好意思。"而王老师则对她的爷爷奶奶承诺："娃的书全部由学校出钱购买，家里不用承担一分钱，至少要帮她把初中读完。"

赶水镇地处渝黔边界，经济不发达，赶水中学很多学生的家都很偏僻，上门家访一次往返就得一整天。王大治常年资助困难学生，积累了很多社会上的爱心资源，但家访路途的不便使得他的助学之路阻碍重重。听说赶水中学有一支由摩托车爱好者组成的车队，王大治就请求他们帮助。他们也是一群有爱心、有责任感的人，双方一拍即合。2011年3月5日学雷锋日，车队第一次集结出发。四年来，"爱心摩旅"到过渝黔边界的很多山村，为需要帮助的孩子们送去爱心，已经资助了二百多人。

在赶水中学，王大治是个能人！他有很多身份：他是政治老师、心理辅导老师，还负责培训科技组的成员，更是校足球队主教练。从教十多年来，王大治除了教学之外最主要的一项工作就是帮助那些有需要的孩子。"每一届学生我都会关注。有时候遇到特别有缘的学生，我就会一直陪到他上高中、上大学；有的学生就送到初中毕业。"无论时间长短，王大治都尽己所能不求回报地付出着。

经过多年的沉淀，他帮助学生们的初衷也发生了改变。他说，以前帮助孩子们就是因为觉得这些学生太苦了，应该去帮助。而现在，是为了给身边的学生们一个机会，让他们飞得更高，更有机会体现自己的人生价值。

微评

　　"爱心摩旅"助学车队有时送钱，有时送粮，有时送书，更重要的是送去了希望。希望在孩子们的心里升起，在一个个家庭升起，在贫困山乡升起。

霍文鹏：
一个"80后"特岗教师的坚守

霍文鹏，河北省承德市隆化县西阿超乡博岱村小学特岗教师。

2009 年 8 月，刚从保定学院毕业的霍文鹏，放弃了已考取的专接本的升学机会，来到河北省隆化县西阿超乡博岱村小学，成为河北省第一批特岗教师中的一员。

山区学校缺老师，霍文鹏几乎包揽了所有科目的课程。虽然工作繁重，困难很多，但是为了这些山里的孩子，霍文鹏还是坚持把每一科都认真仔细地教好，把自己的全部知识都传授给了山里的孩子们。

霍文鹏还经常自己出钱，买来笔、本等学习用品，作为奖品发给学生，不仅提高了学生的学习积极性，而且也为家庭贫困的孩子解决了实际困难。

"做教师首先是做人，做真诚的人，做正直的人。"这是霍文鹏常挂在嘴边的一句话。不管是在工作中，还是在生活中，无论是在学生面前，还是在家长面前，他都时刻铭记自己是一名教师，要用自己的实际行动和人格魅力，去打动学生、感染学生，把对学生的爱、对事业的执着，化为自觉的行动。

　　霍文鹏和妻子王士奇一起大学毕业，怀着对未来的美好憧憬，一起向着各自的梦想进发。就在霍文鹏对教育事业越来越投入的时候，妻子王士奇也到邮政储蓄银行上了班。后来，为了能够让霍文鹏更加专心地工作，也为了更好地照顾霍文鹏的生活，王士奇毅然决然地辞掉了这份收入还不错的工作，来到了偏僻的博岱村。学校领导十分照顾他们，特意把王士奇安排在学校教英语。后来，因为老师名额饱和了，王士奇便成了霍文鹏的 "专职太太"。每月靠霍文鹏微薄的工资收入来维持一家人的生计本就已捉襟见肘，但霍文鹏依然不忘资助家庭困难的学生。

　　张宗媛曾是霍文鹏班里的一名学生，性格孤僻，平时和班里的同学不合群。在一次家访中，霍文鹏偶然发现张宗媛的家庭很特殊，全家五口人的生活都靠父亲平时打零工来维持，家庭情况十分困难。于是，霍文鹏主动在生活和学习上帮助她，为她买学习资料和学习用品，并经常和她谈心，开导她，使她变成了一个活泼自信、乐观开朗的孩子，学习成绩也有了很大进步。

　　马晓楠是霍文鹏班里的一个后进生，但霍文鹏发现，她有着很强的求知欲望，于是便利用下班时间和节假日，主动为马晓楠补习功课。最终，马晓楠有了很大进步。

　　如今，霍老师已调离博岱小学，到另一所山村小学当起了临时负责人，肩上又多了一份沉甸甸的责任。霍文鹏说，为了山里的孩子将来能够走出大山，再苦再累也值得。

　　他是 "80 后" 特岗教师，为了山里的孩子，把家搬到了山里；为了给山里娃最好的教育，坚守三尺讲台。他希望有更多的优秀大学生能够投身山村教育，为农村的孩子拓宽视野，让孩子们走出大山。

李广：
给山里孩子一个美丽的童年

李广，河北省围场县棋盘山学区中心校莫里莫幼儿园教师，全国教书育人楷模。

1977年3月，李广怀揣着教育梦想，走上了三尺讲台，一干就是三十八年。

当时，在坑洼不平、破旧不堪的校园里，人们总能看见一个瘦小的身影始终不停地在那里忙碌着。他就是李广。他以校为家，不等不靠，用自己的双手，努力改善着山村落后的办学条件。就这样，经过多年的付出，李广终于打造出了一所春天绿树成荫、夏天花草飘香、秋天硕果累累，有着浓厚山村特色的花园式幼儿园。

一次外出参观时，他看到城里的幼儿园玩具特别丰富，羡慕得不得了，也觉得愧对自己园里的孩子们。于是，参观回来后，他像着了魔似的四处收集各类废旧物品和边角料，开动脑筋，用锛、凿、斧、锯这些简单的工具，尝试着给孩子们制作各种玩具、学具。他还发动孩子们去收集废旧材料，然后手把手地教他们学习制作玩具。几年下来，幼儿园里到处都可以看到他和孩子们共同制造的各种各样的玩具和学具，孩子们边玩边学，个个开心极了。这不仅节省了大量开支，更重要的是开发了孩子们的智力，培养了他们的动手能力。

这么多年来，无论春夏秋冬，李广每天都会提前到校，打开校门，清扫院落，打扫教室、休息室、活动室和厕所卫生，迎接孩子们的到来。每天中午，他都要用大锅给孩子们做午饭、烧水，照顾他们的饮食。到了傍晚，他都会站在校门口，目送着孩子们一个个被家长接走。家长如果农活太忙没时间接孩子，他就亲自把孩子送到家长面前。每逢冬季，他还要早早地把锅炉烧暖；遇到下雪天，他一定会把院落的积雪清理干净。遇到孩子生病，他就骑着自行车，带孩子到十几里之外的村卫生所看病。这就是"身兼数职"的李广——园长、老师、保姆、清洁工、维修工……

　　在幼儿园，他既是园长、老师，又是保姆、清洁工……他已经五十多岁了，却有如"返老还童"一般，把自己融入到孩子们的世界。他凭借着对孩子们的爱和辛勤的汗水，为孩子们打造出了一个有着浓厚山村特色的花园式幼儿园。

李玉清：
爱在平凡中闪烁

李玉清，河北交通职业技术学院思政课教师。河北省师德标兵，"善行河北"2012年感动校园人物，西藏自治区交通系统"两个文明"建设先进个人。

李玉清是河北交通职业技术学院一名普通的思政课教师。她响应国家号召赴藏援教，一干就是八年；她身患癌症，仍全身心投入教学工作；她家庭贫困，但十多年来一直资助大山深处的孩子。她常说，自己太平凡了，不值一提。但只要是与她接触过的人，都能感受到她内心深处对学生、对生活深厚的爱。

1989年，李玉清刚到西藏的时候，为了能用一小桶煤油度过一个多月的时间，便一次用高压锅焖一大锅米饭，一吃就是一周，中间连生火热一下都舍不得，更别说炒菜了。除了生活上的艰苦，最难熬的就是高原反应带来的身体不适。李玉清说，头晕、失眠、流鼻血是常有的事。有一次流鼻血，把一脸盆的水都染得血红血红的，但刚一好，她就匆匆忙忙地走上讲台。还有一次李玉清患了重感冒，为了不耽误上课，她顾不上休息治疗，结果拖了两周后转成肺炎。这个病在西藏是非常可怕的，甚至会有生命危险。当时，医生要求她住院治疗，可她想到自己一旦住院，上百名学生就会停课，便坚持不肯住院，并把医生开的假条装了起来，一边在课后输液治疗，一边带病给学生上课。学校的党委书记知道这件事后感慨道："一个援藏的汉族同志，为了我们的学生，为了维持正常的教学秩序，不顾惜自己的身体，这种精神令人感动。"

在西藏，她一个人承担了四门课程的教学任务。虽然工作量非常大，但在授课之余，她还是经常给学生辅导功课到深夜，一天最多休息六七个小时。学校里没有学习参考资料，她就托人从北京等地邮购，然后利用周末刻印好分发给学生。学生病了，她总是亲手做上热腾腾的病号饭，端到学生面前。哪个学生的家里有困难，她总是主动伸出援助之手……

1997 年，李玉清从西藏回到河北交通职业技术学院。1999 年，她做了一次大手术，手术前一天，她还在上课。术后刚刚三个月，她就又站到了讲台上。

2003 年，正全身心投入工作的李玉清，被诊断出患了癌症。那一年，她才38 岁。对于癌症这个人人谈之色变的病魔，李玉清只是报以微微一笑，便又投入到紧张的教学工作中。截至 2013 年，她累计完成了五千多学时的教学工作量。

嗓子失声了，她就坚持通过板书上课；感冒发烧了，她在课余时间打点滴；肋骨骨折了，呼吸都困难，她依然缠着绷带，用左手托着伤处，忍着疼痛坚持授课。她曾经三次晕倒在讲台上，被学生搀扶到医务室或办公室，休息了一会儿，她的身影便又出现在讲台上。

1999 年 6 月，李玉清偶然得知河北承德市隆化县大山深处有一个上小学二年级的小女孩，因父亲去世，母亲带着两个年幼的孩子艰难度日，面临辍学的危险。她和爱人商量后，决定帮助这个孩子完成学业。从那一年开始，他们夫妇俩每年定期给孩子寄学杂费、衣服和参考书，至今从未间断。

　　8 年援藏，常人难以想象的苦难，她坚持得平平常常；身患癌症，她仍然全身心地投入教学工作。一个平凡的老师，通过一件又一件平常的小事，把爱传递给学生，以乐观、向上的心态，感染着身边的每一个人。

瞿廷芝:
生命的坚守

瞿廷芝,河北易县蔡家峪乡马圈子小学教师。被河北省保定市委、市政府授予"教书育人楷模"荣誉称号,并记二等功;也被评为"保定好人"。

瞿廷芝任教的蔡家峪乡马圈子小学,位于距河北易县县城二百多里的深山区,进出大山只有一条羊肠搓板路,两侧层峦叠嶂。山区海拔一千六百多米,被称为河北易县的"小西藏"。学校只有一个由学前班、一年级、二年级组成的三级复式教学班。在这里,她是唯一的老师,既要教课,还要照顾孩子们的生活,俨然是一个全职的"保姆"和义务的"妈妈"。

1987 年,正值青春年华的瞿廷芝渴望走出大山,实现自己的人生梦想。可是,当老支书找到她,让她来校代课时,她犹豫着答应了。起初,她也想过离开,可是当她提着箱子拉开宿舍的门时,看到学生们都站在学校的院子里,在他们身后是默默无语的家长,她的眼泪夺眶而出……从此,她办公室里的灯光就与星光交相辉映;从此,无论春夏秋冬,她总在晓风残月中踏破黎明;从此,每天清晨在校门口迎接一个个孩子,成了她最幸福的事情。

有一年夏天，暴雨下个不停，河水猛涨。一天下午，山沟里的水就像脱缰的野马倾泻而下，一座小木桥被冲毁，把瞿廷芝的四个学生与他们的父母隔在了河水的两岸。她高喊着告诉对岸的家长，让孩子们在学校寄宿一个晚上。在她和学生们返回学校的途中，山陡路滑，一个学生脚下一滑，瞿廷芝连忙用自己的身体挡住了她，结果自己却滚下了山坡。等她爬起来时，浑身已沾满了泥水，手上扎满了刺，左脚还被划了一道深深的口子，鞋子也不知丢到哪里了。她拉着学生，艰难地回到学校，又忍着伤痛，给孩子们做了一顿热腾腾的晚饭。看着狼吞虎咽的学生，她欣慰地笑了。

瞿廷芝的丈夫原本在保定有一份稳定的工作，也希望瞿廷芝能放弃工作，跟随他去保定安家，但瞿廷芝却要求丈夫辞职回来帮她照管女儿。2000 年的秋天，瞿廷芝一边教课，一边照顾孩子们的生活，一边还要利用放学和晚上的时间收割庄稼，结果累病了。丈夫从保定匆匆赶回来，又生气又心痛，终于拗不过她，放弃了自己的工作。于是，本已跳出山沟的他，因为瞿廷芝和她的学生们，又回到了山沟。

2011 年 6 月 23 日，中央电视台《向幸福出发》栏目把瞿廷芝接到录制现场。她意外地见到了她的女儿和几个已经大学毕业的学生。当孩子们上来拥抱她，喊出一声声"老师，谢谢您"的时候，当女儿紧紧地抱住她说"当年曾怨恨过您，现在我要说一声'妈妈，对不起'"的时候，当主持人播放村里的孩子们为她唱响《春天在哪里》，并大声说出"老师，我爱您"的时候，她再也抑制不住激动的心情，泪水夺眶而出。此时此刻，她感到无比的幸福。二十多年的坚守，她觉得值！

微评　　凭着坚强的毅力和不悔的信念，瞿廷芝在马圈子小学坚守了二十多个春秋。因为她深深懂得，教育是事业，事业的意义在于奉献；因为她深深懂得，既然选择了教坛，留住了信念，就要矢志不渝走下去。扎根山区教育，坚守小小校园，屹立三尺讲台，是她执着的追求，无悔的选择。

王瑞：
在孩子们心中播下善良的种子

王瑞，山西太原杏花岭区外国语小学语文教师。2006 年获"太原市十大学雷锋标兵""太原市杰出青年志愿者""太原市优秀教师"称号。2008 年获"太原市教育系统年度德育人物"称号。

雷锋已离开我们很久，而雷锋精神却从未走远。在我们身边，就有这样一位教师，她不仅自己坚持学雷锋，还把雷锋精神传递给她的学生们。她就是山西太原杏花岭区外国语小学的语文教师王瑞。

张金宝是运城垣曲县的一名农村留守儿童，家境困难，与爷爷相依为命。王瑞和自己的学生们通过希望工程认识了他，并很想帮助他。于是王瑞提出为张金宝捐款的倡议，得到了学生们的支持，大家纷纷捐出了自己的零花钱。端午节，王瑞把张金宝从运城接到太原，让他和自己的学生们一起包粽子、过端午，并且带着他和学生们把包好的粽子送去给福利院的孩子们。张金宝从来没去过福利院，他说老师和同学们帮助了他，他也学会了帮助别人，还要把爱心传递下去。

王瑞上初二时，在父亲的书架上看到《雷锋的故事》这本书，书中一个个平凡生动的故事，深深地吸引了她。她说："雷锋帮助别人的时候，是快乐的，我也想像他那样。"从此王瑞决定像雷锋一样乐于助人、多做好事。

王瑞读大学时，用打工的钱资助了贵州的一名失学儿童。虽然每天上学因路途遥远而艰苦，但这个孩子并没有磨灭对上学的渴望。王瑞亲自去贵州看过她，也正是走了这一趟山路，王瑞才真正感受到自己的帮助对于一个大山深处的孩子的意义。

这些年，王瑞已记不清自己帮助过多少学生。她还和网络上一些志同道合的朋友共同发起创建了网络"雷锋班"，一起帮助了很多人。不仅如此，王瑞还组织家长、学生一起参加学雷锋活动，去福利院看望孤儿、帮助附近的孤寡老人打扫卫生、帮助老人做一些力所能及的事儿。每年学雷锋日，杏花岭外国语小学会由王瑞命名一个雷锋班，她还在自己带领的班级里设立了学雷锋小队，带领孩子们了解雷锋，参与公益活动，让加入学雷锋小队成为孩子们心中的目标。孩子们通过参加学雷锋小队的活动，自身也有了很大的改变，他们彼此间互相关爱、互相帮助的氛围比以前更浓了，相处得也比以前更好了。校长赵改玲说："孩子们在互相帮助中，自己既做了好事，也受到了教育。"

王瑞认为，对于孩子们来说，学雷锋就是当别人遇到困难的时候，能够伸出援助之手。她希望在孩子们心中播下善良的种子，让雷锋精神传递下去。

微评

王瑞，一名普通的小学教师，却走南闯北踏寻"雷锋"之足迹，常年资助贫困学生、帮助孤寡老人和孤儿。她让自己的学生明白"雷锋"不仅仅是一个历史的记忆，"雷锋精神"不仅仅是纸上谈兵。王瑞用行动把雷锋精神传递了下去，让身边的人也体会到了助人的快乐。

原子朝：
太行山顶上的守望者

原子朝，山西省平顺县虹梯关中心校西井山村西山岩小学教师。2009年全国模范教师，2010年长治市劳动模范，连续多年被县委、县政府授予县级"师德师风先进个人""扎根山区师德标兵""师德楷模""青羊先锋""特级劳模"等荣誉称号。

在太行山深处的山西省平顺县虹梯关乡，有一个西井山村，坐落在海拔一千四百多米的山上，是平顺县最偏远的村子。当地有一句俗语："上了西井山，一溜老崖边，对面能说话，相逢得半天。"要去村里只有一条又险又陡而且只能过一辆车的挂壁公路，而公路尽头的悬崖石壁上，就是原子朝老师所在的西山岩小学。

西山岩小学的学生来自周边七个自然村。学校的房子占了村委会楼下的三间房，操场就是山崖边上的空地。学校有六个孩子，两个上幼儿班，两个上一年级，还有两个上三年级。原子朝是这里唯一的老师。

　　1996 年，西井山小学就是一个单人校，当时还没有公路，好几任老师都因为山上条件太艰苦而下了山。虹梯关中心校的领导想到了每次有学校缺老师都会无怨顶上的原子朝。"只要工作需要，服从领导安排。"这是原子朝当年的承诺。他上了西井山一待就是十七年。一开始原子朝一个人教五个年级三十多个孩子，后来中心校统一撤并，西沺小学的孩子们读到三年级就下山去茱兰岩寄宿制小学继续上学了，这里的学生就没剩几个了。

　　学生们都很喜欢听原子朝的课，家长们对他也非常满意。读幼儿班的李静刚入学没多久，她的母亲在外打工，父亲李富龙在地里干活儿。李富龙说，自己的大女儿在山下的茱兰岩寄宿制小学读五年级，两周才能回一次家，每次回来要走三十多里山路，耗时四个小时。如果没有原子朝，没有西沺小学，李静这么小没法去下面上学，自己还得花时间照顾她。现在，李静每天送到原子朝老师那里，家里的负担一下子减轻了。

　　从教三十八年来，原子朝从没离开过农村，在西井山的十七年，除了需要到中心校开会，他下山顺便回家看看外，平时都很少回家。而他的学生，有的去了上海，有的去了江苏。他最高兴的就是他的学生爱学习，能走出大山。还有三年，原子朝就要退休了，他不知道到时候是回家种地还是继续任教，这里会不会有新老师派上来。但他心里不愿离开，因为和村里边的孩子相处得时间长了，跟这个地方也有了感情，舍不得离开。

　　微评　　他一辈子没有离开过农村，却把学生送出了大山。他不畏山高，也不贪荣誉，在太行山巅的小山村默默地陪着还不能下山上学的孩子们，为他们开启知识的大门。他是太行山顶上的守望者。

陈杰:
快乐的"阿爸"

陈杰,辽阳一中西藏班的政教处主任和党支部书记。全国五一劳动奖章获得者,2012年辽宁教育年度人物,2012年辽宁省万名劳模进校园先进个人,辽宁省职业道德标兵,辽阳市优秀青年教师、优秀班主任。

陈杰,辽阳一中西藏班的政教处主任和党支部书记。他在西藏班已经工作了十一个年头。

每次看到学生快乐的笑脸和信任的眼神,陈老师都会被感染,兴高采烈地投入到这些远离家乡的藏族孩子们的生活和学习当中。就是这样乐观的精神和无私奉献的爱心,使他成为藏族孩子们心中最信服的"阿爸"。

今年上初三的边巴次仁,让陈老师费了不少心思。由于他走路时左右摇晃,同学们都叫他"晃儿"。距离中考还有两个月的时候,他却经常迟到早退,还旷课去打篮球,学习成绩持续下滑。陈老师看在眼里急在心上,多次找他谈话。在一次谈话中,陈老师生气地说:"你如果再这么做,我就再也不叫你'晃儿'

了!"这句话竟真的起了作用，因为边巴次仁觉得陈老师不这么叫他就是和自己不亲了，感觉很伤心。他沉默了一会儿，便主动承认了错误，希望陈老师还像以前那样叫他。就这样，陈老师用细心、耐心和无微不至的关心，让自己和这些藏族孩子的关系越来越近，成为孩子们最喜爱的倾听者。

"他是孩子最亲的人。"这是来自西藏的生活老师次仁德吉对陈老师的评价，是她对孩子们常说的一句话的转述。

鹏拉姆来自西藏那曲地区，今年上初三，刚来时胆小、羞涩，见到生人不敢说话。陈老师发现她对藏族歌舞很擅长，就鼓励她参加学校的格桑花艺术团。通过训练和演出，鹏拉姆变得开朗活泼了，现在已经是一名品学兼优的好学生。几年来看着陈老师对自己的好，鹏拉姆很是感动，决定要做一名像陈老师一样的老师。"敬爱的陈主任，我可以叫您一声阿爸吗？这是我这几年的心声……您是我心目中的好父亲，现在无以为报的我只能用语言表达自己的敬意，我一定会好好学习，做一个对社会有用的人。那时，我一定好好孝顺您。"快毕业的鹏拉姆，用一封信诉说了对陈老师的爱与不舍。

对于西藏孩子的日常生活，陈老师一贯主张让学生自主管理。他希望他的学生毕业后不仅是一个掌握丰富知识的好学生，还是德才兼备、具有一定组织和管理能力的人才。江措是西藏班学生会的一名干部。陈老师先是手把手教导他，后来就全放开让他自主管理，帮助江措完成了从管理自己到管理他人的成长过程。在初三的离别班会上，江措对大家说："他（陈老师）就像我爸爸一样，没有他的教导就没有我今天这样的成绩。"

陈老师用他的爱为西藏学子们撑起了远在北方的另一个温馨幸福的家，而他就是家里那个最快乐的"阿爸"。

微评

教育家多蒙茜·洛·诺尔特说过："如果一个孩子生活在批评之中，他就学会了谴责；如果一个孩子生活在友爱之中，他就懂得了这世界是生活的好地方。"陈老师用自己的乐观与亲和力，为学生们营造了幸福、快乐的校园生活。

张杨：
守护学生的"快乐天使"

张杨，辽宁省抚顺市第二中学历史老师。辽宁省师德标兵，辽宁省师德宣讲团成员，抚顺市师德标兵，抚顺市学雷锋先进个人，抚顺市首届市民心中最美教师。

张杨，从教十余年，从一名历史教师到班主任，再到年级主任，无论角色发生怎样的转变，她都始终坚持工作在一线，坚持和学生们在一起，凭着对教育事业的质朴理解为每一个学生撑起一片快乐的天空。

"我们总认为历史学科很久远、很枯燥，听了张老师的历史课却发现原来历史就在我们身边。"在张老师的精心设计下，学生们在活动中不知不觉就把知识掌握了。

张杨组织学生模拟巴黎和会现场，让学生们扮演不同国家的使节进行演讲，通过对历史情景的回放、重演来理解"弱国无外交"的道理；她与学生聊热播的影视剧，加深学生对渗透其中的历史知识的认识。《甄嬛传》《雍正王朝》《汉武大帝》，书法绘画作品，拍卖行的拍卖信息，甚至学生家里的碗筷、花瓶都能成为张老师课堂上的教学资源，她和同学们一起把久远的历史拉近到现实生活，使学生在快乐中找到学习历史的方法。

"高考的压力的确很大，但自从有了社团活动，我们快乐，我们充实。"张杨的学生对高中生活总有说不完的记忆。在年级管理中，看到学生们时常被沉重的学业负担和高考的压力压得透不过气，有的甚至对人生失去了信心，张老师内心很焦虑。可是有高考作为指挥棒，谁又敢轻易地改变？经过思想斗争，张老师决心改变传统的管理模式，要让学生们过一种不一样的高中生活，那就是快乐、自信、幸福、自主而有未来的高中生活；要让学生们把学校看成天堂，把老师们看成快乐的天使。

在高考压力之下，张杨大胆地开展社团活动，鼓励学生创办自己喜欢的社团，只要学生们喜欢，张老师都鼓励学生们去尝试，从创意、设计、组织、招募，再到活动，张老师都有目的地让学生们自己去做，让学生们在活动的组织中学会思考、培养自信、找寻快乐。为了帮助学生们实现理想，开办社团的所有费用都是张老师自己出的。

晨曦是张老师所在年级的一名学生，不爱学习，经常逃课。张老师知道后便认真观察这个学生，发现他特别喜欢打篮球，是球场上的明星，积极拼搏、不畏伤痛，大家都很崇拜他。于是，张老师找到晨曦，鼓励他用自己的专长组建俱乐部。晨曦还以为自己听错了，但是看到张老师肯定的目光后，他突然掉下眼泪，目光中显示出少有的温顺，低声说："张老师，你放心，我一定创办一个最棒的俱乐部。"从那天起，晨曦像变了一个人，每天早早到学校，组织俱乐部成员晨练。下午，不论刮风下雨，他都带领着团队进行有计划的训练。为了不影响俱乐部成员的成绩，晨曦甚至主动组织队员考单词、背古诗。而随着社团工作的顺利进行，他也越来越严格要求自己，慢慢地开始投入学习。就是这样一个曾经迷茫、对未来没有信心的孩子，经过张老师的鼓励，终于找到了属于他的快乐和自信。

微评　　有教育专家曾经说过："没有爱就没有教育，没有快乐就没有生活。"张老师正在用她对教育的感悟和对学生的爱，精心呵护着每一位学生，努力实现给学生们一个快乐的高中生活的梦想和不放弃每一个学生的誓言。

周雪雁：

用手说话的"校长妈妈"

周雪雁，辽宁省铁岭市西丰县特殊教育学校校长。辽宁省优秀教育工作者，辽宁省三八红旗手，辽宁省雷锋奖章获得者，2012 年辽宁教育年度人物，2013 年辽宁华育十佳校长，辽宁省第十次党代会代表，铁岭市五、六、七届人大代表。

周雪雁，从事特殊教育二十多年，从班主任做到了校长。她一直用一双会说话的手，把一批又一批残疾孩子接进学校，把他们培养成自食其力的劳动者。

李艳是周雪雁参加工作后的第一届聋哑毕业生，从她入学开始，周雪雁不仅教她学习文化知识，还帮助她掌握生活技能，像母亲一样教她梳头、洗衣服、织毛衣、做缝纫活。李艳毕业后，周雪雁把她送到当地的福利厂当了一名工人，之后又帮助她成家立业。李艳的婚礼现场，她的女儿出生、生病上医院、上学，都少不了周雪雁这一双会说话的手操持，用周雪雁自己的话说，她已经跟踪服务了二十多年。如今李艳的女儿已经大学毕业，一家三口过着幸福的生活。

无论是什么样的孩子，在周雪雁眼里，都有可爱和闪光的地方。

如今已经在沈阳市残联工作的赵晨飞，本是一个重度脑瘫女孩，生活完全不能自理。十多年前来到了周雪雁所在的学校，在周雪雁的鼓励和帮助下，赵晨飞用鼻尖和下颌敲打电脑键盘，写下了 20 万字的文学作品《不屈的天使》。"我是不幸的，又是幸运的，是周雪雁老师的爱改变了我，使我勇敢地去挑战生活，帮助我完成了从残疾儿童到自尊自信的大学生的蜕变。"赵晨飞感激地说。

在周雪雁这里学习的孩子虽然都是残障孩子，但他们和正常人一样有自己的思索和追求。现在最让周雪雁操心的学生叫郑鑫，他先天性失聪，7 岁时周雪雁把他接到学校，今年 18 岁了。郑鑫的梦想是在城里成家立业，不想回农村老家。为了圆他的梦想，周雪雁积极争取把他送到更高层次的学校去接受职业教育。为了给郑鑫筹足学费，周雪雁东奔西走，想了很多办法。周雪雁说："即使再难，我也要帮助郑鑫去实现他的梦想。"

特殊教育学校有着这些特殊的孩子，在周雪雁眼里，他们都是天使，她给了他们无私的和特殊的关爱。

微评　"上善若水，水善利万物而不争；大爱无声，于无声世界里铸师魂。"寒来暑往二十多年，周雪雁把一个个尽心照料、精心教育的残障孩子送入社会，让他们过上了自食其力的生活。这么多年，她从未停止对残障孩子的关爱和对特殊教育事业的追求。

杜顺：
只要有信念就不会倒下

杜顺，吉林省长岭县大兴镇万福村小学老师。吉林省五一劳动奖章获得者，吉林省教书育人楷模，吉林省道德模范，并获第三届全国道德模范提名奖。

位于吉林省长岭县的大兴镇有一所乡村小学，它有一个非常吉利的名字——万福村小。杜顺是这里土生土长的农民，在这里任教已经近三十个年头。

万福村小地处大山深处，现有 4 名教师和 34 名学生，杜顺的班上有 13 名学生。杜顺当过校长、班主任、任课教师，无论干哪项工作，他和他的学生在全乡考核中都位居前列。杜顺常说："我最大的愿望是使他们成为自食其力的人，不给社会添负担。"

杜顺 1985 年考上民办教师，1994 年转为公办教师。当年 3 月，杜顺上课时突然感觉左腿麻木，站立困难，多方求医问药，病情也没好转。1997 年，杜顺病情加重，被确诊为罕见的脊髓空洞症，而且是绝症。

2005 年时，他的双腿已经不能分开了，躯干以下关节全部僵直，只能坐轮椅。他不得不辞去班主任工作，做起了任课老师。学生不愿写作业，他就变给学生留作业为让学生出题，上课时让学生拿自己出的题去考别人。这样既避免了学生作业千篇一律，又提高了学生学习的积极性，并为自己积累起一个题库。他的教学方法在全乡得到推广，在全县农村小学考核中他所教的班级成绩名列第一，他也获得了"教学特别贡献奖"。为了激发学习兴趣，他还让学生根据的实际情况自己设定预期目标，只要学生达到了这个目标，就自掏腰包给学生买奖品，一直坚持到现在。

十多年前，他的班里有个孩子叫高旭，因为家里穷，有时甚至吃不饱饭。高旭从小懂事好学，一张纸当四张纸写字。杜顺看在眼里，疼在心上，便让妻子给高旭买了许多学习用品，还给他买齐了一年四季换穿的衣物。现在，高旭已经是河北医科大学的一名大学生了。他心怀感恩地说："我一定好好学医，将来给杜老师治病！"

2009年，杜顺重新当上了班主任。身教胜于言传。他要求学生按时到校，自己从没有迟到过；要求学生热爱劳动，他总是身体力行。带领学生铲除校园里的杂草时，积水中的杂草没人拔，他就把轮椅摇到水中，自己弯腰去拔，一不小心从轮椅上摔了下来，他就索性坐在水中拔。秋天，他和同学们一起到山上去捡柴火，自己够不到的就喊学生捡，孩子们都快乐地围着他。放学后，他又把没家长看管的学生叫到自己家做作业，他趴在炕上，炕沿上是孩子们的小脑袋。

如今，脊髓空洞症让杜顺身体的伤口难以愈合，他每天都在常人无法忍受的疼痛中煎熬，但他却说，他是快乐的，因为他有学生。

杜顺说："我付出了爱，也得到了爱，我愿意把毕生的精力投入到工作中去，因为只有工作着，我的生命才有价值！"虽然在物质世界里，杜顺并不富有，但在精神世界里他却是最大的富翁！

凭着对教育事业和学生的无比热爱，几十年来，杜顺忍着病痛坚持工作在教学岗位上。对他来说，教育是他生存下去的信念。杜顺无法延伸生命的长度，却拓展了生命的宽度。是教书，让他的生命富有意义。

金七仙：
"爱心日记"谱写师生情

金七仙，吉林省吉林市朝鲜族实验小学教师。

吉林省吉林市朝鲜族实验小学是一所民族学校，99%以上的学生是朝鲜族儿童。由于赴韩务工潮的兴起，学校80%以上的孩子都是留守儿童。这些孩子有的和爷爷奶奶住在一起，有的和其他亲属住在一起，还有的住在集体住宿点。父爱母爱的缺失，使这些孩子的成长出现了偏差，也给学校教育带来了难题。

2007年，金七仙所教班级的36个孩子中，只有6个孩子和父母在一起，其余的都是留守儿童。她自然也就成了这些留守儿童的"妈妈"。作为班主任老师，家访是观察和了解学生的最佳途径，也是拉近教师与家长之间距离的最好办法。为此，班里每一个孩子的家，金七仙都不只去过一次。

班里有个孩子叫金旭，个头儿不到一米三，有残疾，家里还有一个小弟弟，全家人租住在一间小房子里，生活很困难。家访后，金七仙决定担负起他的学习费用和伙食费，并一直坚持了五年。2009年，金旭得了重病，需要手术治疗，可家里无力支付巨额医药费。当时，虽然金七仙也因病住院，但她还是积极帮助家长想办法，动员全体师生捐款。金旭终于如期做了手术。从学习到生活，金七仙处处关心、帮助金旭，投入了大量精力。金旭毕业升入了初中，初一新生要参加军训，可家里拿不出军训费用。金七仙知道后，赶紧给他家里送去了500元钱。

2012年9月，金旭的弟弟也来到学校读书，每个月120元的伙食费又是金七仙代交的。

作为吉林地区唯一的一名朝鲜语特级教师，金七仙一直在探索如何更好地开展朝鲜语的教学工作。她引导孩子们用朝鲜语写日记，并把日记当成"爱心教育"的载体，让孩子们通过写日记来感知生活、感恩师长，并且为日记起了"爱心日记"的名字。

从2008年起，"爱心日记"成了金七仙教育教学的核心工作，也成了她进行班队建设的法宝。从一年级下学期开始，她就带着孩子们天天记日记：记自己的成长，记同学的友情，记老师的教育，记家长的温情……这一记，就是五年半，直到小学毕业。金七仙把自己的教育思想、教育情感全部融入到了对每个学生的日记评语中，将自己对学生的爱润物细无声地洒进他们幼小的心田。

金七仙的学生写的作文，有87篇刊登在了《小学生作文》《中国朝鲜族少年报》《儿童世界》等刊物上。在全国朝鲜族中小学现场作文竞赛中，金七仙班里的学生多次获得金奖。2013年中韩"泰焕杯"写作大赛中，金老师荣获"最佳指导奖"。如今，金七仙和同学们已经共同完成了六百多本日记。

　　她是留守孩子的好老师、好"妈妈"。一本本"爱心日记"，记录并见证了同学们的成长轨迹。从教二十多年，她用爱的教育，温暖着每一个学生，同时自己也收获了满满的爱。

王丹丹：
用爱缝补折断的翅膀

王丹丹，吉林省长春市特殊教育学校教师。吉林省教书育人楷模，"我最喜欢的十佳党员"，长春市巾帼十杰，长春市特殊教育先进工作者，长春市健康妈妈。

像 a、o、e 这样的发音，对于正常人来说再简单不过了，可对那些有听力障碍的聋哑孩子们来说，一句普通人随口而出的话语，他们却要付出成百上千遍的努力。从事特殊教育的王丹丹，多年来每天都在重复着同样的话，做着同样的事情。

长春市特殊教育学校——王丹丹老师就是在这里教有听力障碍的学生练习发声的。她的学生虽然只有五六岁，却是学校里的"老人儿"了，他们当中有的一两岁就来到这所学校学习，王丹丹从单音节字教到双音节词，每个音节都要反复练习，日复一日、年复一年。

教聋哑孩子发声不是一件容易的事，王丹丹说："有的时候上课，孩子们听不懂，或者是听懂了却不想跟你配合的时候，你在那一个人自问自答，就像演戏一样。"

李博瑞是王丹丹的学生之一，他的听力水平明显低于其他孩子，下了课，王丹丹还要对他进行一对一的康复训练。光是发"苦瓜、黄瓜、南瓜、西瓜"这几个词语的声音，王丹丹就要教很久。聋哑孩子不知道该用舌头的哪个部位发声，王丹丹就把手伸进孩子的嘴里碰触他舌根的发声部位耐心讲授。

熟悉特教工作的人都知道，教孩子们发声是一项漫长而艰辛的工作。一个简单音节，可能就需要借助小镜子、压舌板等多种感官辅助发音物品。由于要反复练习大声发音，一天的课下来，王丹丹几乎已经说不出话来。

有些有先天缺陷的残疾孩子有一个残缺的家庭，父母离异、祖辈抚养、经济困难，爱的缺位给这些孩子造成了双重伤害。王丹丹课上是老师，课下就成了他们的妈妈。

一位家长给王丹丹送礼以表达谢意，被她拒绝了。家长说："我家庭条件不是太好，特意买了点鸡蛋送给她，就是意思意思，她没有收，直接就告诉我：'你拿回去吧，给孩子吃'。"

从教多年，因为牵挂着这群特殊的孩子，她几乎把全部时间都放在了学校。2004年，女儿出生了，坐完月子的她没有多休息一天，便来到学校看望孩子们。她经常说，自己可能是一个好老师，但是并不是一个好妈妈。

一次，王丹丹去青岛学习，女儿当时只有两岁半。刚到青岛，家里人就打电话说孩子一直哭，晚上也不睡，找妈妈，怎么哄，用什么办法都没用。家人着急地问王丹丹能不能回来看女儿。王丹丹说，没有学到东西，还没看明白人家是怎么做的，无论如何不能擅离岗位。挂断电话后，她泪如雨下。

有残疾孩子的家庭都是不幸的。王丹丹总是在问自己，能为他们做点什么。王丹丹和二十多名老师从零开始，先后建立了亲子中心、康复中心、门诊中心、耳蜗术后康复基地；2011年还承担了教育部医教结合实验课题。

王丹丹说："我们现在做这个课题，目标就是让孩子听得清楚，说得明白，交流自如，在此基础上让孩子能够回归主流社会。"

微评　　所有的学生都需要爱，残疾学生更需要爱。所有的教师都会付出，特教教师的付出更多。

原亚萍：
扎根于土地的"玉米教授"

原亚萍，吉林大学植物科学学院教授。获吉林省科学技术进步二、三等奖各两项，主编与参编著作六部，发表 SCI 论文多篇，2011 年获吉林大学"三育人"标兵、吉林省十大教书育人楷模称号。

"出身农家""扎根农业科技""一辈子都在和玉米打交道"，用这几个关键词来概括她最合适不过了。在学校她是身兼多职的骨干，而在师生们眼中她还是个会种地的"玉米教授"，她就是吉林大学植物科学学院教授原亚萍。

在吉林大学的玉米试验田里，大家经常能看到原亚萍的身影。她会在试验田里告诉学生："你们要下地，每一个细节都要观察，你们的所有文章都来自大地，写在大地上，不是在实验室空想出来的。"

"文章写在大地上"是原亚萍和学生们最常说的一句话。原亚萍出生在九台市农村，从小就知道父辈耕耘农田的不易，那时家里的开支主要靠几亩玉米田来维持。

"看到了农民的辛苦，我自己也是学农学的，一直想为农民和农业增收做点贡献，所以我选择在吉林省主推玉米，并将玉米育种作为我的科学研究方向。我最大的目标就是选出一个能适合广袤大地耕种的玉米品种。"原亚萍说。

源于对农业、农民的深厚感情，原亚萍将自己的研究方向确定在玉米新品种的研发上。原亚萍介绍说："2004年我们开始启动吉大101项目，这是国家'863计划'支持的一个项目。"

高产、优质、多抗玉米新品种"吉大101"经过审定，目前已在吉林省全面推广，它大幅度地提高了玉米的单产。

原亚萍是典型的东北女子，说话快言快语，做事雷厉风行、说干就干。一提到玉米，她总是滔滔不绝。生活中她和学生们打成一片，但对待学术问题却出了名的严厉，学生眼中的她充满了正能量。

有个学生一次放假期间在实验室做实验，看到原亚萍提着几穗玉米进了实验室，说刚从地里回来，看到地里还有几穗玉米特别好就捡了回来。这名学生说："其实我们已经检查了好几遍了，没有遗落的玉米，但是老师却在国庆节大中午一个人从地里捡回来几穗玉米，让我感触特别特别深，我感觉老师真的是一个特别负责任的老师。"

吉林大学农学部植物科学学院党委书记王彦清这样评价原亚萍："为人坦诚，谦虚，讲原则，敬业。"

扎根农业科研，就意味着要拿出一半的精力在土地上耕耘，原亚萍每天奔波在实验室和试验田之间，而她自己却不觉得累，只要一进地里，就有说不出的兴奋。

现在，原亚萍和她的团队承担了国家转基因重大专项课题，她和她的团队决心将"玉米"这篇文章写得更加完美。

微评

教师工作的精髓，可以用"学高为师，身正为范"概括其内涵。原亚萍老师所带领团队的农业科研成果，为解决我国的粮食安全问题，推动农民收入的增长做出了贡献，可谓"学高"；她不畏酷暑亲自下田做研究，为学生做榜样，可谓"身正"。原老师学识渊博、情操高尚，已成为学生学习的典范。

何春雨：

"破烂王"的助学路

何春雨，黑龙江省绥化市望奎县灵山乡中学教师。黑龙江省优秀教师，黑龙江省中小学师德先进个人，黑龙江省绥化市十大杰出青年志愿者，黑龙江省绥化市慈善大使，黑龙江省绥化市望奎县关心下一代工作先进个人，黑龙江省绥化市望奎县优秀共产党员，黑龙江省绥化市望奎县十佳师德师风先进个人，黑龙江省绥化市望奎县首届感动望奎人物。

何春雨是黑龙江省绥化市望奎县灵山乡中学的一名教师。课上，他是幽默风趣的"孩子王"；课下，他是捡废品助学的"破烂王"。他八年如一日起早贪黑捡废品，救助几十名濒临辍学的贫困生，资助了三百多名贫困生完成学业。

1998年大学毕业后，何春雨回到母校任教，圆了自己多年的教师梦。何春雨出生于贫苦的农家，生活的困苦和求学的艰辛使他养成勤劳、善良、乐于助人的性格。多年的教书生涯中，他多次接触到因家庭贫困而辍学的孩子，总是想尽一己之力帮助他们完成学业。2005年春，他发现学校附近垃圾点有很多书纸、纸盒、矿泉水瓶等废品，于是开始利用业余时间捡废品换钱资助贫困生。但他毕竟是老师，在学生面前捡废品还是很难为情的。于是，何春雨总是早起，趁学生和老师还没来早早去捡，晚上等学生放学之后再去捡。就这样起早贪黑地捡了一个学期，收获还真不小，换了一百八十多块钱。他给贫困生买了脸盆、香皂、毛巾、文具等日常用品。

有了第一次的收获，何春雨便放下了所谓的面子，一有空闲就提着袋子到处捡废品，同事们戏称他为"破烂王"。也有同事不理解，认为他给老师丢脸，有损为人师表的形象。面对这些压力，他毫不在意，因为他心里装着那些渴望知识的学生。比起身后的那些议论，何春雨更在意的是手上袋子里这沉甸甸的重量。这样的袋子，何春雨每学期能卖上三四十袋，换到 300 ~ 700 元，三个受资助的学生每人能得到一二百元。为了多换点钱，何春雨还经常跟收购废品的人讨价还价。收废品的人听说他是为了资助贫困生，也愿意吃点亏多给他换点钱。

无论课间课下、严寒酷暑，何春雨就这样不辞辛苦、不怕脏累地捡着。这八年里得到他资助的学生有三百多人，资金累计达一万多元。每个瓶子换三四分钱，我们无法计算这些钱需要用多少瓶子才能换来，也许要堆满整个操场。何春雨对学生的这份爱，也感染了受助学子和更多的人。学生们更加努力学习，希望把老师对他们的这份爱传递下去，长大以后有能力帮助更多的人。

在何春雨的带动下，全校师生都养成了平时积攒空瓶子、节约环保的好习惯。摆放得整整齐齐的矿泉水瓶在教室、寝室随处可见。同学们都会自觉地把自己喝的矿泉水瓶收集起来，交给何春雨；下课也会帮着他收集废品去换钱。在他的影响下，老师和学生都对捡废品这件事由被动变得主动起来。

何春雨说："别人说我破烂王，破烂王就破烂王吧。看到贫困学生能安心学习，我就非常欣慰，别人说什么都无所谓了。"何春雨希望把这件事继续做下去，以帮助更多的学生。不让任何一个学生因为家庭贫困而失学，是他最大的心愿。他也呼吁社会各界人士多多帮助这些贫困学生，让他们有平等地享受学习的机会，让他们的人生更精彩。

微评

　　爱如春雨，润物无声。何春雨是一个业余的拾荒者，更是教育事业中一个专业的拓荒者。一片爱心，一缕阳光，一点奉献，一份希望，他用自己的实际行动，影响、带动更多的人把温暖和爱奉献给有需要的人。

黄雅静:
让聋儿开口说话

黄雅静,黑龙江省哈尔滨市阿城区新华镇中心幼儿园教师,黑龙江省哈尔滨市优秀教师。

让聋儿开口说话,即使对于从事特殊教育的专业人员来说,也不是件容易的事。而在黑龙江省哈尔滨市阿城区新华镇中心幼儿园,一位普通的教师居然创造出了这样的奇迹——用六年的时间,以母性特有的关爱,让聋儿开口吐出了人生的第一个字。她就是黑龙江省哈尔滨市阿城区新华镇中心幼儿园教师黄雅静。

1991年9月,当时还在哈尔滨市阿城区新华镇中心小学当一年级班主任的黄雅静,接收了一名特殊的学生——郑喜双。

3岁时,郑喜双由于针剂注射过量而中毒并导致耳聋,听力及语言表达都很困难。因为家庭生活困难,没有条件上聋哑学校,郑喜双的父母便带她来到新华镇中心小学求学。

第一次见到郑喜双,她眼中流露出的胆怯与不自信,令黄雅静心底的那份母爱和作为教师的责任感油然而生。黄雅静决定收下这个孩子,并决心要让她学到更多的知识。

由于语言表达能力和听力都很差，郑喜双学起知识来相当吃力。为了尽快改变这种现状，黄雅静查阅资料、请教专家，细心研究聋儿教学特点，最后决定从帮助郑喜双练习发声入手。课上，黄雅静经常提问她；课下，黄雅静主动与她沟通。黄雅静教得认真，郑喜双学得也特别用心。她仔细观察老师的口形，认真进行模仿，发声逐渐有了很大改善。一年级的时候，郑喜双还只能发一两个音，但到了二年级，就已经能说词了，有时甚至还能说简短的句子。慢慢地，郑喜双不仅改善了自己的发声，而且学习成绩也提高很多，与同学比毫不逊色，逐渐找回了自信。如今，郑喜双已经结婚生子，全家人都十分感谢黄雅静。

2007 年，黄雅静转岗到新华镇中心幼儿园工作。关于如何做好从小学到幼儿园教学工作的转换，克服幼儿园教学小学化倾向，黄雅静费了很多的心思。她向专业教师请教，以游戏为基本形式进行教学，并且设计了很多玩具、教具用于教学，真正做到了寓教于乐，在游戏中开发孩子的智力和潜能。

是对学生的爱，让她倾尽心血使聋儿学会了说话，掌握了知识，学到了本领，成为一个对社会有用的人。

李金茹：
用爱点亮孩子们的心

李金茹，黑龙江省佳木斯市第十九中学英语教师。

每到初三的下学期，她连做梦都是学生的事。梦到学生进考场前丢了准考证，她在梦中急醒；自习课教室里不见人了，到处找却又找不到，把自己吓醒……她就是"最美女教师"张丽莉老师的同事、黑龙江省佳木斯市第十九中学的教师李金茹。

2010年，班里来了一个叫许子靖的男孩。他3岁时面瘫，13岁时得了肾病综合征，智商也比同龄孩子低一些。最让李金茹头痛的是许子靖的情商只有八九岁孩子的水平。刚来时，孩子的妈妈眼含着泪花对李金茹老师说："医生说，这个孩子的生命随时可能终止。我把孩子托付给您，不期望他能学到多少东西，只是想让他和别的孩子一样过过正常的校园生活。"

孩子父母的要求不高，但李金茹感到的却是沉甸甸的压力。"孩子只要在自己这里一天，就要对他负责一天啊。"从此，在本已繁重的教学任务之外，李金茹又添了份额外的工作，每当课间铃一响，她的身影就会出现在教室里，帮孩子削铅笔、整理书包、拧水杯盖，扶着孩子上厕所……

音乐课在四楼，每次上课都是李金茹把几十公斤重的许子靖背上扶下。几年间，李金茹从来没有向家长抱怨过一句，没有在孩子面前表现过一点不耐烦。她深知，每一个生命都是上天的恩赐，来到我们面前便是天赐的机缘。

刚开始，见到班里来了一个连路都走不稳，说起话来傻乎乎的同学，许多孩子偷偷地笑，有的还叫他"傻瓜"。这些，都逃不过李金茹的眼睛。趁许子靖不在，她对学生们说："他本来应该和你们一样可爱，可因为生病变成了这样。如果换了你，受到同学的讥笑，难受不难受？让我们一起来帮助他吧！"一番话，说得大家都低下了头。从此，学生们下课都争着陪许子靖一同游戏，一同上厕所。校长曾语重心长地对李金茹说："只有你的大爱可以包容这条不太健全的小鱼，让他自在呼吸、放心游戏……"

一个深秋，许子靖病倒了。李金茹和班里的学生都去看望他，每个孩子带上一个水果，写上一句祝福的话。许子靖笑了，许子靖的妈妈却落泪了。

许子靖喜欢李老师，也愿意上李老师的英语课。各科从来没有超过 30 分的他，期末考试时英语成绩竟然及格了！孩子的出色表现让李金茹激动不已。许子靖经常让妈妈带好吃的去学校，送给李老师。有一阵子，每天晚上 10 点左右，许子靖都会给老师打电话，第一句话总是说："老师，我想您，您钻到我书包里，和我回家吧。"

　　在学生的心中，她就是一盏灯。这盏灯是那么的明亮，照耀着他们求索知识的道路；这盏灯是那么的炽热，温暖着他们快乐成长的心灵。

李雪梅:
献身特教的"雪梅妈妈"

李雪梅,黑龙江省鸡西市特教中心副校长。

自1984年毕业以来,李雪梅一直工作在特殊教育岗位上,至今已经过去三十一年了。多年来,她用慈母般的爱心,温暖着每一个残疾孩子,收获了孩子们的真心爱戴。孩子们都亲切地称她为"雪梅妈妈"。

从踏入特教学校的第一天起,面对着一双双渴求知识的眼睛,李雪梅就暗下决心,一定要以最快的速度掌握特教理论和特教教育方法。没学过手语,她就对着字典一遍一遍地练,同时还拜学生为师,有时连吃饭、睡觉时都在比比画画。慢慢地,她与学生之间的交流变得越来越轻松顺畅了。

李雪梅一直把这些特殊的孩子当成自己的孩子来对待。有时学生没有钱吃饭,换季没有衣服,她就用自己的工资给学生交伙食费,把自己家孩子的衣服拿给学生穿。

邵先臣是一个阳光可爱的大男孩,你很难想象,他曾经是一名抑郁症患者。在他的父母都感到绝望而放弃为他治疗时,李雪梅一次次找他谈心,引导他融入到学校大家庭的温馨生活中,并用自己的爱心和真诚,打开了他紧闭的心扉,帮助他摆脱了抑郁症的折磨。如今，邵先臣在鸡西市机修学院学习汽车修理，一有时间就会来到特教中心看望自己的"雪梅妈妈"。

小红（化名）是名智力残疾学生，但在滑冰上表现出了很高的天赋。李雪梅便抓住她的这一特点，为她买来冰刀，还指导她进行训练，并带她参加了全国特奥会滑冰比赛。小红在比赛中获得了冠军。

多年来，李雪梅以满腔的热情投入到自己的工作当中，先后获得了"全国特教园丁奖""省师德先进个人""省特殊教育优秀工作者"等多项荣誉。

微评　　她用自己慈母般的爱，温暖着每一个残疾孩子。"雪梅妈妈"的称呼，是孩子们给予她的最高荣誉。她最大的愿望，就是每一个孩子都能健康快乐地成长。

宋丽玲：
为孩子们的安全把好关

宋丽玲，黑龙江省哈尔滨市尚志幼儿园园长兼党支部书记。曾获得"宋庆龄幼儿教育奖""全国家庭教育工作园丁"等称号。

在宋丽玲担任园长的十多年里，哈尔滨市尚志幼儿园发生了翻天覆地的变化。

安全规范的管理，从进园的第一道关开始。在幼儿园的门口，有两台指纹机，每个家长接送孩子都需要按指纹。在每台指纹机里面，每一个孩子需要有三个家长录入指纹，而且只能由这三个家长来接送孩子。如果家长想让其他家庭成员来接孩子，必须写一份委托书，说明我的孩子委托谁来接，同时提供孩子委托人的合照，照片还要定期更新。

除了对接送孩子的家长们有详细的记录外，对于其他外来人员，幼儿园也有规范的登记制度。进园前，要做详细的记录，并由保安分发参观卡；离开时，门口的保安要收回其参观卡。每一个细节，都会影响到整个幼儿园的安全，都需要老师和安保人员进行细细的排查和确认。

　　大到轰动全省的"幼儿园课程改革"，小到每本档案上醒目的小标记的设计，只要和幼儿园的生活和工作有关，都闪烁着宋丽玲创新的光芒。宋丽玲满脑子都是创意，从教育教学到后勤管理，每项规章制度的确立无不倾注了她的心血。"给每一个孩子适宜的教育"，多年来正是这一使命感始终激励和鞭策着宋丽玲在学习、创新、实践中努力寻找着答案。

　　进入哈尔滨尚志幼儿园，门口的墙上有一个小木盒，盒子里面有三把钥匙，旁边还有一把小锤子。宋园长告诉我们，这套钥匙是校门的备用钥匙。木盒平常是锁着的，在发生火灾之类的紧急情况下在旁边的人就可以用锤子打碎木盒，然后把钥匙取出并打开校门，大家就可以很快疏散。

　　在幼儿园内我们看到，每一处孩子可能触及的设施、障碍物等，都根据孩子的身高和活动特点做了细致的处理，比如护角的支架。窗户打开以后，会有一个锋利的角，选择最合适的角度装上护角支架，就可以避免碰伤孩子的头了。

　　除了保障孩子的生命安全外，宋丽玲认为，孩子的心理健康也同样重要。对于幼儿园来说，保证孩子生命的安全，是第一要务；同时，还要保障孩子的心理安全，这样才有利于他们的身心健康。

　　走进哈尔滨市尚志幼儿园，人们会感到这里是孩子们生活的乐园，是真正属于孩子的天地。笔触稚嫩、色彩艳丽的彩绘墙壁，形象逼真、造型独特的学具，从墙面到地面，再到棚顶，所有的空间都为孩子们精心打造。走进任何一个班级都能看到，老师融入孩子们中间，孩子们快乐地在属于自己的空间里玩耍、嬉戏。这就是宋丽玲园长为孩子们创造的"开放、表现"的自主生活空间。

微评

　　宋丽玲爱孩子、爱教育、爱生活，是一个充满激情和智慧的设计者和管理者，她用科学的思想、活跃的思维、超常的耐力、勤奋的精神，建立起一支富有创造力、积极向上的卓越团队，为孩子营建了一片快乐、自由、安全的天地。

王明玉：
大山深处，孩子们梦想的守望者

王明玉，黑龙江省桦南县驼腰子镇长征小学教学点教师。黑龙江省十佳乡村名优教师，黑龙江省师德师风先进个人，国家级课题研究先进个人。

黑龙江省佳木斯市桦南县有一个偏僻的小山村——驼腰子镇夹信子村，至今没通电话，也不通长途客车，仅有一条崎岖的山路与外界相连。但就是这样的小山村，几十年来却因不断地走出大学生、研究生、博士生而远近闻名。

王明玉就是土生土长的夹信子村人，1979 年从县里的金刚中学考入了富锦师范学校，毕业后他放弃了在县城教书的机会，毅然回到了家乡的长征小学，一干就是三十余年。说是一所农村小学，其实一直是个不到十名学生的教学点，王明玉是这里唯一的老师，所有的科目都由他一个人来教。

2006 年，国家教委要求农村小学三年级以上的班级开设英语课，长征小学由于地处偏远，交通不便，没有英语老师愿意来，愁坏了对英语一窍不通的王明玉。他说："作为一名教师，应该替学生着想，如果英语课不开，对孩子是一个损失，他们毕业后上中学，就不能和其他学生站在同一起跑线上。"为此年近半百的他自掏腰包，购买相关书籍、复读机和英语磁带，自学英语。

寒假里，王明玉先把所有的英语课文学一遍，即使晚上躺在床上，他也在听磁带。有时半夜醒了，就接着琢磨单词。很多个晚上，王明玉的妻子刘永芳一觉醒来，看见他还蹲在炉子边念英语。

遇到实在不会的英语题，他就攒在一起等在外地上大学的孩子回家后请教他们。就这样，他把所有的休息时间全部用在学习英语上，终于保证学校的英语课顺利开课。孩子们知道老师为他们的艰苦付出，都更加努力地学习，参加镇上的英语考试时，他们的英语成绩不但没有被别校的孩子比下去，还名列前茅。

以前大山里的家长文化程度不高，感到孩子们的前途很渺茫，但是因为王老师的坚持，孩子有了好成绩，家长们就信心百倍地供孩子上学。

"只要这个学校存在一天，我就要在这里工作一天，就要尽量把工作做得好一些。"王明玉老师很平静地说。

六年级的王金宇是学校里唯一一个今年要参加中考的学生，有他在，六年级的课程就一节也不能少。王金宇的家本来有能力把他送到镇上去读书，但他的爷爷王占林说："王老师教出来的学生在全镇那也是一流的，考试成绩都名列前茅，每年的年终考评都获奖，孩子交给他，我放心。"

王明玉老师扳着指头细细算来，从这个教学点毕业的学生中，已有17人先后跨进大学的大门，他们之中既有博士生也有硕士生，有的已成为大学教师。每当王明玉老师听到学生成长进步的消息，内心就充满了喜悦。他说："我真的感谢我的学生，是他们让我有了幸福感，让我发自内心地快乐！"

小小的村子，偏僻的角落，因为王明玉老师的坚守，因为村民的期盼，孩子们沿着漫漫的求知路走向更远的未来，让夹信子村的梦想起航……

微评

　　　　三十余年，王明玉只做了一件事——教书；三十余年，王明玉只有一个坐标——讲台；学生们渐渐长大了，王明玉老师也慢慢地变老了，唯一没有改变的是他对孩子们梦想的守望。

张瑞学：

穿越横垄地的爱

张瑞学，黑龙江省哈尔滨市阿城区杨树镇兰旗小学教师。黑龙江省十佳乡村教师，哈尔滨市模范教师，哈尔滨市师德先进个人，阿城区首届道德模范提名奖获得者，阿城区师德十佳教师，阿城区教师职业道德先进个人。

早上四点，当人们还沉浸在睡梦中时，哈尔滨市杨树镇兰旗小学的张瑞学老师已经起床了，从 1977 年来到兰旗小学工作，他的生物钟已经牢牢地定格在这个时间段。简单地洗漱，匆忙地吃完早餐后，他就出发了。

张老师的上班路，不是一条寻常路。张老师家住哈尔滨市阿城区双丰北崴子屯，没有路可直通兰旗小学。如果想上班，一种选择是从阿城绕行将近七十多里；另一种选择是走横垄地，不仅路不好走，而且至少要走上十多里地。为了不耽误时间，张瑞学选择了穿越横垄地上班，这一走就是近四十年。

夏顶露珠，冬挂霜雪，张瑞学跋涉在荒凉的野草地中，实在寂寞了就吼两嗓子，权当是为自己解闷。雨雪天对张瑞学是个巨大的挑战。下大雪时，他必须换上齐膝的雨靴，在没膝的雪地行走，冰冷的雪水灌进雨靴，刺骨的寒冷从脚底钻进心底。

2007年，他在下班的路上跌倒了，摔断了右臂，肘部严重错位，臂骨劈缝。同事们要帮他代课，可他牵挂要毕业的学生，一天假也没请，打着石膏上班。右手受伤，他就学着用左手写字，坚持了三个多月。

然而，病痛并没因张瑞学的坚强而退缩。2009年，由于长时间穿着单薄的雨靴在冰雪雨水里行走，张瑞学患上了严重的肾炎和前列腺炎，导致小便失禁。为了不让学生和同事发现，张瑞学穿上了皮裤，又弄了一个小饮料瓶，穿上绳系在腰间，以便接住尿液，下课再趁人不注意到厕所里倒掉。

2010年，一场六十年不遇的大雪，再次考验着张瑞学的毅力。在离学校两里地远的地方横亘着一条足有两三米宽，不知有多深的冰河。要不要掉头回家？想想学校里那些渴望的目光，张瑞学吸了口气，脱了雨靴和袜子，卷起棉裤，坚毅地走向冰河。河水冷得彻骨，像针扎一样，锋利的冰碴儿在张瑞学的小腿上割了一条条长长的口子。类似的经历不知发生过多少次。

在兰旗小学，张瑞学用父亲般的慈爱启迪、温暖着每个孩子的心灵。班里曾有一名从山东转来的学生，由于父母离异，他性情孤僻、多动、自闭，生闷气就吃纸，将书本撕碎了往肚子里咽。张瑞学于是细心观察他，课下主动跟他交流，用温暖和爱敲开了孩子紧闭的心门。很快这个孩子不仅改变了自闭的性格，成绩也明显提高了。

张老师桃李满天下，他培养的学生有的考上名牌大学，成为人人羡慕的社会精英，有的扎根乡土，长于一技，成为自食其力的劳动者。每到过年，接到外地考出去的学生的电话是张瑞学最欣慰的事。无论是接到远在北京的问候电话，还是收到本乡本土泥土味的甜香瓜，张瑞学的脸上都会绽放出最畅快的笑容。

张瑞学说："教师这个职业就是要务实，你当教师了，就得实实在在去工作，因为有一代人期待着你，盼望着你。这是你的责任，这是你的义务。"

微评

有人说，一个人长期在平凡的岗位上做着不被人知的小事，就是一个不平凡的人。穿越横垄地几十年，热爱学生们几十年，耐得住这份清贫，耐得住这份寂寞，张瑞学是不平凡的。他是春天的蒲公英，播下了希望的种子；更是泥土中的金砂，见证了永恒的光泽。

张雪梅：
黑暗中的美丽人生

张雪梅，黑龙江省富锦市第四中学教师，曾获全国五一劳动奖章、黑龙江省五一劳动奖章，被评为黑龙江省师德标兵、黑龙江省心理工作先进工作者、感动佳木斯十大新闻人物。

张雪梅，是黑龙江省富锦市第四中学的一名教师。参加工作后，她曾做过数学老师、班主任，但1998年的一场大病却让她的眼前失去了光明。失明后，她自强不息，克服困难，重新走上了三尺讲台；并成立了当地首个心理健康教育办公室，开设心理健康课，为学生们做心理辅导。

"那天早上起来，我的眼睛突然就看不见了，眼前一片黑，我非常害怕。之后我上了您的课，我就想到，我看不见才一两分钟，就感觉害怕，要是再也见不到自己的父母可怎么办。"今年上初二的张莉茹流着泪对张雪梅诉说着自己的经历。

"别哭，孩子，别哭。其实你这种恐惧我也有过，那我怎么走过来的？我告诉你，最简单的就是一个字——爱。"张雪梅抚摸着张莉茹并安慰道。

因为爱，张雪梅选择了教师这个职业。刚参加工作时，她是位数学老师。

"我站在讲台上，跟孩子们在一起，我就有说不完的话，就有用不完的力。"张老师说出了自己选择当老师的原因。

正在张雪梅把全部的热情投入到她最喜爱的教师这一职业的时候，命运的不幸差点让这一切终结于1998年。

"我以为是血压低，结果一检查，被诊断为多发性大动脉炎。1997年秋天，我的眼睛就开始模糊了，但是偶尔看不见，偶尔能看见。到2000年，仅存的一点点光亮也彻底地离开了我，远去了，再也没有了。"回想起自己当年的经历，张老师的眼角挂满了泪花。

然而，凭借着不服输的倔强性格，张雪梅不仅学会了如何在黑暗世界中走路、洗衣、做饭，更坚定了重回校园、重回讲台的决心。

"1999年，国家关于加强中小学心理健康教育的相关文件颁布，我就想，心理健康教育这个活我能做。"张雪梅激动地说。

当年，富锦市还没有一所学校开设心理辅导课。张雪梅就靠着一台收音机开始自学。

"哪段好，他们就给我录下来，然后我就反复听，一点一点地学，我就这样不断地学习。"张雪梅坚定地说道。

就这样，张雪梅顺利地拿到了国家二级心理咨询师证书，走上了新的岗位。

课堂上，她不仅会给学生们教授关于心理健康的知识，也会用歌声激励孩子们成长。为了能够保质保量地给学生们上好心理健康课，从备课到讲课，她付出了超过常人几十倍的努力。她的每一节课都要由朋友帮忙用计算机打出来形成文字，再录成带子，录音带上的内容她要全部背下来消化理解。同时，她还牺牲休息时间，接待了不计其数的有心理问题的孩子，为孩子疏导负面情绪，为家长分忧。

微评

    自己的眼睛看不到光明，却把光明照进了学生的内心！这份光亮里饱含着温暖、责任、执着和对生命的热爱，这份光亮也让她周围的生命变得积极、健康、乐观、向上。

张雅勋：
执着教育，笑对生活

> 张雅勋，黑龙江省鸡西市鸡东县第二中学教师，黑龙江省师德师风先进个人。

1987年7月大学毕业后，张雅勋被分配到鸡东县二中工作，至今已过去了近三十个春秋。

多年来，张雅勋养成了一个习惯，那就是每接一个新班或一个新组建的班集体时，都要认真地了解学生的家庭情况和个人情况。对生活上有困难的同学，她会给予帮助；对生病的同学，她会及时带去医治；对家庭有过特殊变故的学生，她会进行心理疏导。

1997届的学生石慧波的父亲因患癌症不幸去世了，家里债台高筑，生活非常困难，到了冬天石慧波还穿着单鞋。张雅勋看在眼里，疼在心上，马上到街上给她买来了棉鞋。张雅勋经常鼓励石慧波要鼓起勇气战胜眼前的困难，走出悲伤，刻苦学习，用优异的成绩回报父母的爱。

刘梅刚来到张雅勋所教的班时，总是沉默寡言，离群索居，不愿意与同学和老师沟通。经过了解，张雅勋得知她的父母已经离异，家庭比较困难，每到节假日只能寄居在亲戚家。家庭的不幸和生活的重压，使她幼小的心灵受到了创伤，逐渐形成了冷漠、孤僻的性格。于是，张雅勋便主动找她谈心，并在生活上关心她，在学习上鼓励她，给她以慈母般的温暖与关爱。刚开始时，刘梅总是有意回避张雅勋，并用冷漠的目光看着张雅勋。但张雅勋没有气馁，更没有放弃，依然利用各种机会与她沟通。终于有一天，刘梅向张雅勋敞开了自己的心扉。在2006年教师节来临之际，刘梅给张雅勋送来了一份特殊的礼物——自制的贺卡，上面写道："亲爱的张老师，我不愿用惊天动地的语句赞美您好，不需要用华丽的辞藻描述感动，我只想说句最真的话：您那慈爱的眼神，您那感人的话语，融化了我心中久存的冰山。您也许并未在意，但我却感到无比愧疚，从一开始就埋在心中的愧疚——每次我都用冰冷的眼神与您对视！老师，请相信我，我心里是多么地敬爱您，多么地感激您，感激您那慈祥温暖的目光给我带来的鼓励与鞭策！我是多么痛心——您那和蔼的目光总是被我无情的双眼拒绝！但是老师，这只是因为我被生活压得快喘不过气，对自己太不满意，这种情绪长时间困扰着我，纵使心里有太多的感动，也始终不能抑制地将愁苦写在脸上。您别怪我好吗？以后我会始终面带微笑，久久地注视您。"

有人说，老师像园丁，辛勤培育着祖国的花朵。然而，对于张雅勋来说，老师更像母亲，关怀着学生，教育着学生，爱护着学生。她用无私的爱温暖着学生的心田，浇灌着一株株青春之树。

2013年，张雅勋又一次执教毕业班。新学期开学不久，她被查出患上了乳腺癌。术后，她只休息了不到半年，就又返回挚爱的三尺讲台。化疗使她的头发脱落了，为了不影响教学，她戴着假发坚持每天上课。很多人表示不理解，劝她换一份轻松一点的工作。她回答道："讲台就是我的舞台，只有课堂才能体现我的人生价值。"

微评

她是学生眼中的严师，也是学生眼中的慈母。她把对学生的爱融入到细微之处。三十多年来，她情系讲坛，爱生如子，传道授业，教书育人。

仲威平：
一人一校的坚守

仲威平，黑龙江省铁力市工农乡中心学校教师。先后获得全国优秀教师、全国五一巾帼奖、全国五一劳动奖章、全国教书育人楷模等荣誉称号。

兰河是坐落于黑龙江省铁力市工农乡的一个普通小山村，村里有一所仅有一间不足十平方米的教室、最多时只有八名学生的小学，学校里只有一个老师，她的名字叫仲威平。

"成就一个孩子，就等于造福一个家庭。"凭着这个信念，在"一人一校"的岗位上，仲威平一干就是十几年。

1998 年，兰河小学撤并，八名贫困、单亲、智障和无人照顾的学生因中心校太远而面临辍学。这时，仲威平毅然决定留在村小任教。八个学生，四个年级，四套教材，每天六节课。仲威平每天都要把黑板分成四部分，在上面写下四个年级的讲课内容。为此，她还特意总结了一套"动静教学法"，使得每节课都能做到环环紧扣，动静搭配，每个孩子也都能专心致志地学好自己的课程。

十多年里，仲威平既是班主任，又是科任老师，还是学校的勤杂工。在她的努力下，孩子们不但学到了知识，还有了很强的自理能力，养成了热爱劳动的好习惯。仲威平教过的学生中，有二十多人考上了大学。

仲威平经常说："什么样的孩子都有受教育的权利。作为一名教师，不能放弃任何一名学生。"2003年，一个名叫庞运发的6岁智障男孩来到了兰河小学。孩子的母亲离家出走了，断臂的父亲与他相依为命。智力的缺陷让这个孩子学习起来十分吃力：一年级读了两年，二年级读了三年，小学足足读了十年。仲威平从未放弃过对他的教育，总是不厌其烦地一遍一遍地教，直到教会为止。

2011年农忙时，庞运发的父亲让他回家帮忙干农活。农忙结束了，庞运发还没回学校上课。仲威平就找到他的爸爸，提出必须让孩子继续上学。就这样，仲威平手把手地教了庞运发十年。现在，庞运发已经能流利地背出乘法口诀了。

2011年，兰河小学再次撤并，仲威平也和兰河小学的最后几名学生一起来到了工农中心校。2013年，仲威平成立了"工农乡仲威平爱心工作站"，与爱心人士一起对当地留守儿童、残疾儿童和贫困儿童进行经常性的一对一心理健康辅导、感情抚慰、日常生活技能指导、学习辅导和生活救助，让这些儿童感受到了社会的温暖。

　　她在"一人一校"的状况下，坚守在工作岗位上十多年。她用自己心中的大爱，为乡村的未来播种下了希望的种子。

曹勇军：
教给孩子们美丽的语文

曹勇军，江苏省南京市第十三中学语文特级教师。江苏省首批教授级高级教师，江苏省中语会副秘书长，扬州大学兼职硕士生导师。曾荣获江苏省优秀教育工作者、南京市劳动模范等荣誉称号。

2013 年的一期《南方周末》刊登了一篇题为"语文课上的公民教育"的文章，引起了很多人的关注。文章说的就是江苏省南京市第十三中学的语文特级教师曹勇军和他的学生的"时事讲坛"。而他们的故事也集结在一本叫作《高三十班在六楼》的书里，里面是曹勇军所带学生的演讲稿。

曹勇军是个特立独行的人。他跟别的老师最大的不同就是，他带的高三学生每天语文课都要用五分钟时间做一个"时事讲坛"的演讲。这些演讲的内容涉及国内外时事要闻和社会热点。其实这种课前演讲的形式是从他们高一、高二的课前阅读演讲延续下来的。但高三有实际的高考复习的需要，所以继续做阅读演讲不再适合，于是曹勇军就让学生去关注时事，搜集大量的素材，把阅读演讲变成以时事为内容的演讲。

曹勇军说，演讲并没有占用学生们太多的时间，不但没有影响复习，还取得了意想不到的效果。因为他们的思维不断得到训练后，他们写作的材料也开始变得越来越丰富；写作的思维，议论问题的敏锐度、深度、全面性都得到了相应的开发，所以学生们的作文写得越来越好。曹勇军开玩笑说："我实际上找到了一个素质教育和应试教育结合得非常好的点。"

不仅曹勇军的班级这么做，十三中很多班级也效仿他这么做，凡是有演讲的班级，在高考中不仅没有因此降低了成绩，反而语文都取得了很好的成绩。

曾经，曹勇军也陷入过唯分数论的追求中。但现在，他坚信，对于孩子们来说，语文所带给学生的听说读写能力比分数更重要。比如说的能力，高考从未考过说的能力，可在当今社会，交往、沟通、演说等能力非常重要，可以说一个人不善于说、不善于表达，对他的发展来说是个缺憾。所以曹勇军现在教学时一直在提醒自己，要教一点对学生一辈子有用的东西，教一点美丽的、真正的语文。

　　"高三""课前五分钟""时事演讲"这三个词看起来很简单，做到却很难。高三复习正处于分秒必争的时候，曹勇军让学生们用这五分钟进行演讲，却取得了不是几个五分钟就可以达到的效果。要教给学生美丽的语文，而不是高分的语文，曹勇军的坚持让学生们受益终身。这可能不是"好老师"的标准，但绝对是"好老师"应该取得的效果。

陈楠：
从"乡村支教"到"留村任教"

陈楠，江苏靖江西来镇土桥小学美术教师。她所教的美术示范课多次被收入人教版、苏教版的小学美术视频教材中，学生在国际、国内比赛中获奖一百余人次。

我们常常听说农村的老师想调到城里，很少有老师想从城里调到农村的。但在江苏靖江就有一位老师，她在支教两年后毅然选择留在村小任教。她，就是西来镇土桥小学的美术老师陈楠。

1996 年，陈楠从师专毕业，被分到靖江市城西小学任教。通过自己和同事的努力，城西小学从没有美术课发展成为一所美术特色校。

2009 年，陈楠来到西来镇土桥小学进行为期两年的支教。土桥小学副校长陈亮说，当时学校艺术课都是靠其他教主科的老师兼职的，这些老师在艺术方面的基本功和专业知识很是缺乏。陈楠刚来也没有如愿教美术，但她在教数学的同时，带着孩子们用自己的画布置学校的各个角落，后来还真的为他们开设了美术课。在土桥小学读五年级的吴燕童说："一开始是学儿童画，我什么都不懂，然后陈老师就一笔一画地教我，慢慢地我就懂了。"

就在孩子们的美术课刚刚步入正轨时，陈楠的支教期也要结束了。这时陈楠思虑再三，放弃了回到城西小学工作，不仅决定留下来，甚至把人事关系都调到了土桥小学。在土桥小学教语文的罗敏菊老师说："二十多年了，前后从我们学校调走的老师有几十个，从城里调到我们乡下来工作的老师，陈楠是第一个。"

陈楠正式成为土桥小学的老师后，成立了星云美术工作室，为孩子们免费辅导美术。她不仅教孩子们，还主动带着学校里的老师们学美术。年届50才开始接触美术的罗菊敏老师受益颇多，因为学画画后，她讲课时哪怕画个最简单的简笔画，都能形象直观地把知识传授给学生。对于让老师们学美术，陈楠有自己的看法，她觉得让其他老师也掌握一些美术方面的小窍门，然后再教给学生，这样孩子们六年级毕业的时候，就可以跟七位老师学到七种美术方面的小本领，对孩子们是很有益处的。

现在，土桥小学的学生们有环境优美的美术教室，每个班都有一个美术特色主题，而全校有四十多名学生在全国美术大赛中获一、二等奖。

在别人眼中，陈楠或许很傻，而陈楠却觉得留在农村自己将来发展的空间更大。陈楠说："自己的举动并没有多高尚，只是每个人选择不同。"同时，陈楠的选择也带动了一部分土桥小学的老师坚持留村任教，大家常说："我们就一起在土桥小学工作，大家相伴着慢慢到老吧！"

微评　　为了让孩子们能有美术课上，能上好美术课，陈楠在支教两年后毅然决定从城里调到农村小学任教。她为土桥小学的农村孩子们开启了通往艺术殿堂的大门。

葛华钦:
为残疾孩子编织美好的未来

葛华钦,江苏省南京市溧水特殊教育学校校长,全国教书育人楷模。

1986 年,南京市溧水县创办了一所特殊教育学校,在普通学校教师岗位上工作了十二年的葛华钦,加入到这支队伍当中,并且成了领头人。

葛华钦说,记得在原来那所学校工作时,他经常能看到附近村庄的一个小孩站在窗外往教室里看。那是一个听障孩子。那个时候,听障孩子是没有机会到学校上学的。从孩子的眼神中可以看出,他很希望能和正常孩子一样到学校里上课。正是这件事让葛华钦下决心来到现在这所特殊教育学校。

在学校,葛华钦白天是孩子们的老师,教他们学习知识;到了晚上则成了孩子们的家长,照顾他们的起居。在特殊教育学校流传着这样一句话:没有一个老师没帮学生洗过"尿布"。这是因为一些残障学生缺乏生活自理能力,晚上经常会尿床。葛华钦负责带的孩子中就有一个有尿床的习惯。每天夜里,葛华钦都要起来帮这个孩子清理尿湿的床铺,给他换上干净的衣服。

2000 年,聋哑毕业生陈明生给葛华钦写了一封求助信。他在信中说:"老师，我不想做坏事，但是我要吃饭。我的小孩已经上幼儿园了，需要钱，可我现在没有钱。老师，怎么办?"这些孩子虽然顺利毕业了，但社会对他们仍存有一定的偏见，他们自身也缺乏劳动技能，很难找到合适的工作。这封信坚定了葛华钦"为残疾学生终身发展服务"的办学理念。

2001 年，葛华钦在全国首创了"教育—培训—就业"一体化办学模式。经他申请，政府划拨了三百亩荒山作为溧水特殊教育学校的教育培训就业基地。学生接受了九年义务教育后，还可以在基地接受三年的实践技能培训。同时，基地还无偿为毕业生提供工作岗位。

为了节省资金，葛华钦带着全校 19 名教师，硬是从荒山中开垦出了一百八十亩土地。他们自己种植、管理，用双手构筑起基地发展的基础。如今，基地总面积已达到八百多亩，牡丹园、葡萄园、盆景园和养殖区等也已初具规模。其中，牡丹园发展成为全省品种最多、规模最大的牡丹种植区。基地先后帮助 26 名毕业生就业。

近三十年来，从溧水特殊教育学校毕业的 452 个残疾孩子中，有 90% 成功就业。谈起这些，葛华钦淡淡一笑："只要这些孩子将来能自己养活自己，我心里就踏实。"葛华钦用自己全部的爱，为残疾孩子编织着美好的未来。

金燕：
捧着一颗心来，不带半根草去

金燕，江苏省镇江市第三中学教师。全国先进工作者，全国优秀教师，江苏省优秀共产党员，江苏省十佳文明职工，江苏省十大杰出青年，中国共产党十七大、十八大代表。

金燕，一位刻苦学习、献身教育的人民教师。她热爱教育事业，不屈从于命运的安排，自强不息，坚守在自己的岗位上，为贫困学子构筑了一座"爱心城堡"。

1988 年 8 月，金燕被分配到镇江市第三中学，成为一名教师。参加工作第一年，她就"跨头"教生物、政治两门课，一周要上 16 节课，另外还承担了班主任和学校少先队大队辅导员的工作。

1995 年年底，学校把三个月内连续换了三个班主任的初一（5）班交给了金燕。当时，刚结婚一年的她正打算要个孩子。面对个人计划和学校安排，她二话没说就接下了这个班。她对学生倾注了全部的爱，班级稳定了，家长放心了，班级学习成绩在年级里名列前茅。

时隔一年，金燕因严重的酮症酸中毒被送进了医院，昏迷了两天才被抢救过来，并被诊断为严重的胰岛素依赖型糖尿病，每天必须注射三次胰岛素才能维持生命。学校为了照顾她，安排她在教师阅览室工作，但她却离不开可爱的孩子和熟悉的课堂。

2002年10月，在短短的十天时间里，她要举行市级观摩课、参加自考的考试，同时还要代表江苏省参加全国生物探究教学案例比赛，超负荷的工作使她连续好几天血糖偏高。一天晚上，她注射了胰岛素后没有吃饭，但血糖却依旧没能很快降下来。于是，她加大了胰岛素的用量。第二天早晨，她因严重的低血糖而陷入了昏迷。她的爱人急忙给她灌糖水。刚刚恢复意识，金燕说的第一句话就是："现在几点钟了？我还有两节课……"半个小时后，刚刚与死神擦肩而过的她，又像往常一样站在了讲台前。

2008年年初，在江苏省和镇江市工会的关心指导下，"金燕劳模团队创新工作室"挂牌成立。工作室建立了困难学生档案，金燕捐出了自己被评为"全国先进工作者"而获得的奖金，以及开办讲座的讲课费，设立帮扶基金。她还带着学校的老师们给结对的连云港龙苴中学送去了书籍；给前来挂职培训的西藏和新疆的校长和老师们介绍教育教学经验，并送上教学电子资料库。

当得知一个女学生家庭生活困难，父亲又身患重病，住进了重症监护室，亟须筹集医疗费时，金燕赶紧塞给那个学生2000元钱，转头又忙着为她筹集捐款。

至今没能有自己孩子的她，把每一个学生都当作自己的孩子来疼爱着。一个身有残疾、最让金燕惦记的孩子刚从学校毕业，金燕就马上来到他考取的中专学校，给他送去了学习用品和专门为他准备的"十八大首日封"，上面写着："你不是一个人在战斗，你的梦想一定会实现！——永远爱你的老师。"这个孩子拉着金老师的手高兴地说个不停，并且一定要跟她在校门口合个影。

微评
　　一个把著名教育家陶行知的名言"捧着一颗心来，不带半根草去"作为自己座右铭的优秀教师，一个同病魔抗争、与生命赛跑的劳动模范，她以顽强奋斗享受着人生的快乐，以无私奉献实践着人生的价值，以不断进取去实现自己的教育梦想。

季洪开:
山村的孩子需要我

季洪开,江苏省东海县山左口乡南古寨小学语文老师,获连云港市第二届"二十佳师德标兵"称号。

1977年9月,高中毕业的季洪开开始了他的教师生涯。三十余年,他兢兢业业,将全部身心投入到教育事业中。

然而,天有不测风云。厄运降临到了季洪开的身上。53岁那年,他患上了肉眼全程血尿病。为了不影响工作,季洪开能撑就撑,能挨就挨,一直带病工作了大半年。

2010年4月,当他再一次到医院检查时,"膀胱恶性肿瘤"的字样出现在了检查单上。此时此刻,季洪开想到的不是自己的病,而是学校里那些孩子:如果自己倒下了,谁来教学生?一个班的学生还在等着我,我不能中途离开他们。想到这些,季洪开突然有了战胜病魔的力量。

在家人的支持下,经过三个月的住院治疗,季洪开终于可以出院了。这时,季洪开的老伴通情达理地对他说:"身体再弱,咱也得把孩子给带好。不行的话你去学校里住着，我到学校做饭给你吃。"

有了老伴的理解与支持，本该出院后休息半年的季洪开，只在家休息了两个月，就又来到了学校，带病开始了工作。每天，他依然骑着自行车赶往离家八里地的南古寨小学去上班，风雨无阻。课堂上，他满怀激情地向孩子们传授知识，完全忘记了自己的病。下课了，他和孩子们一起做游戏。看到乐观开朗、对工作充满热情的季洪开，如果是不了解他的身体情况的人，丝毫不会感觉到他是一个重症患者。

东海县山左口乡外出务工人员众多，留守儿童多也就成为南古寨小学最大的特点。这些学生一般家庭都比较贫困。季洪开经常抽出时间进行家访，了解留守儿童的生活和家庭情况，帮助他们解决困难。

季洪开每天早晨到校都比较早，一方面是担心孩子的安全，另一方面也是想趁这个时间，给那些留守儿童做辅导。他还会利用课余时间或者周末，到留守儿童家里去给他们补课。在季洪开的努力下，这些孩子的学习成绩都有了提高。

还有三年，季洪开就要退休了。他说，退休后最想做的事情还是教书，到时候如果学校需要他，他还会回来。

微评 　　回顾自己三十余年的教学历程，季洪开的总结朴实而感人："我就只知道工作，就像一头老牛那样，就知道往前耕地，向前拉犁。"季洪开老师在简陋的环境中传播着智慧的火种，在艰苦的条件下谱写着教育事业的华丽篇章。

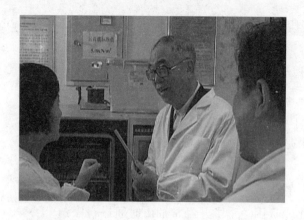

张齐生：
与竹共舞的"竹院士"

张齐生，中国工程院院士，南京林业大学教授。先后七次获得国家科技进步奖。开发出竹材胶合板、高强覆膜竹材胶合板、竹材碎料板、竹木复合层积材等系列产品，开启了我国竹材工业化的新时代。

南京林业大学里有一座竹楼，它可不是普通的竹楼，而是一座竹质结构的抗震安居房。它的设计者就是南京林业大学教授张齐生。

2008年汶川地震后，张齐生便开始设计这座竹质结构抗震安居房。竹楼抗震的奥秘是在竹楼的梁柱之间使用了金属构件进行刚性连接，而这种连接方法可以在地震时使整个竹楼跟地壳一起运动，防止倒塌。这样，这栋看似普通的竹楼就可以抵抗七到八级地震。张齐生说："随着技术的提高，竹楼的抗震级别也会随之提高。"除此之外，竹材的使用还给竹楼带来了三大优点：房屋造价低，倒塌对人造成的二次伤害小，还可以工厂化建造。

张齐生被称为"竹院士"。其实，他本科学习的专业是木材机械加工，但在农村长大的张齐生，对家乡漫山遍野的竹子一直很熟悉。长期以来我国的竹子在工业上并没有得到很好的利用，20世纪80年代，张齐生开始对竹材工业化进行研究，希望家乡的竹子能让农民富起来。三十余年来，张齐生攻克了很多在竹材加工上的技术难关，先后七次获得国家科技进步奖，开启了竹材工业化新时代。他的每一项科研成果都能转化为现实生产力，例如，今年获得国家科技进步二等奖的集装箱底板，以前我国需要从国外进口原料进行加工再出口，现在用竹子和木材为原料就可以直接出口，大大节省了成本。

张齐生已经年过七旬，每年他出差就将近两百天，天南海北地找企业合作开展竹材应用实验。即便这些工作占据他很多时间，但从教五十余年的张齐生从未离开科研和教学第一线，他培养了近百名博士后、博士生和硕士生。在教学中，张齐生并不局限于课本上的内容，他坚持知识要与生产劳动相结合，他自己的研究领域就是这样不断扩大，从研究木材到竹子，再到研究生物材料。同时他还毫不松懈地抓青年教师培养。和他共事多年的研究员徐滨说，张院士一直教导他们，自己的成长离不开很多人的帮助，学成了要反哺社会。

张齐生一辈子没有离开过自己所从事的领域，只在自己领域里不断调整。他认为，做科研的人，只有坚持才能在这个领域里有所建树，随波逐流只会一事无成。

微评

　　张齐生，这位年过古稀的老人，将自己的毕生精力都献给了木材和竹材加工领域的研究事业。数十年来，他与竹共"舞"，成为我国竹材工业化的开拓者。竹子，编织着他的梦想、承载着他的喜怒哀乐、勾勒着他的一生。

陈斌强：
忠孝两全的人民教师

　　陈斌强，浙江省磐安县实验初中教师。"浙江骄傲" 2012 年度人物，"感动中国" 2012 年度人物，央视"我的父亲母亲"形象大使，浙江省五一劳动奖章获得者，2012 年浙江教育年度新闻人物，中国青年五四奖章获得者，全国师德楷模。

　　作为一名教师，他认真负责，坚守山区教学二十余年，深受学生喜爱，所教的班级语文成绩总是名列前茅；作为一个儿子，他多年精心照料身患老年痴呆症的母亲。他既是好老师又是大孝子，他就是浙江省磐安县实验初中的教师陈斌强。

　　1993 年 8 月，17 岁的陈斌强从浙江义乌师范学校毕业，带着满腔的热情，走上了三尺讲台。从工作的第一天起，陈斌强就在心里默默地立下了"把教育当作自己一生的事业"的誓言。

　　陈斌强任教的学校地处偏远，规模小，师资缺乏，需要教师兼科任教。陈斌强体谅学校的难处，主动请缨。于是，学校欠缺什么学科的教师，陈斌强就承担起那一学科的教学任务。他先后教过历史、物理、社会、科学、语文、体育、美术等九门课程。

由于深爱教育事业，陈斌强参加工作二十余年来，几乎没有请过事假和病假。2011年期末考试前夕，陈斌强的90岁高龄的奶奶不幸摔伤住院，他硬是坚持学校、医院两头跑，没有耽误一节课。

在长期的教学工作中，陈斌强摸索出一套颇具特色且较为完善的班主任工作经验。他爱生如子，即使是休息时间，也经常上网和学生聊天，及时了解学生的思想动态。很多学生在课堂上当他是老师，课下就把他当成大哥哥，有什么烦恼都愿意向他倾诉，而他也十分乐于为学生排忧解难。

每次五校联考，陈斌强所教班级的语文成绩总是稳居榜首。同事们都很想知道陈斌强到底有什么制胜法宝。对此，陈斌强只是简单地说了一句："运用人格的力量去影响孩子，比硬逼着孩子学习效果要好！"

作为一名教师，陈斌强无疑是出色的。而作为一个儿子，他任劳任怨，用自己的实际行动，感染了周围无数人。

他用一条布带将患有老年痴呆症的母亲紧紧地绑在自己身上，骑上电瓶车，从位于磐安县城的家出发，赶往三十多公里以外的学校上班，以方便就近照料母亲。从2007年开始，无论酷暑严寒、刮风下雨，陈斌强都是这样照料母亲。"她也许不知道我是谁，但她一定知道，这个人对她好。我想，这就足够了。"陈斌强说。

尽管社会上给予了陈斌强很多荣誉，但他说得最多的一句话是："照顾母亲，是我的本分；抓好教学，是我的本职。我还是要踏踏实实教书，既做一个好儿子，又当一名好老师。"

经师易得，人师难求。在陈斌强老师的身上，我们看到了忠孝两全的完美结合。他把教育当作自己一生的事业，不懈奋斗，在教育事业这片沃土上实现着人生的价值；他对身患老年痴呆症的母亲不离不弃，悉心照料，这份孝行感动了全中国。

蒋春英：
一切为了聋校孩子

蒋春英，杭州聋人学校校长、中学高级教师，兼任中国教育学会聋教育专业委员会委员、浙江省教育学会特教分会副秘书长，浙江省听障教育资源中心主任等职。曾获浙江省"春蚕奖"，被评为省教育科研先进个人、省师德先进个人、市劳动模范等，享受市政府特殊津贴。主编、主讲并出版全国首套VCD手语教材。

　　自从1983年踏进聋校，蒋春英的心就和聋孩子们连在了一起。蒋春英不仅在学校生活上细心呵护学生，还常常帮助他们解决种种困难。

　　"那时我的病很严重，爸爸无法负担高额的手术费。是校长您出钱给我治的病。"许恩丹对蒋校长说道。

　　"不是校长出钱，是大家一起出的。"蒋校长笑着说。

　　"您带领大家给了我许多帮助，让我的病治好了，谢谢！"许恩丹一边说着一边紧紧地抱住了蒋春英。

因为肿瘤，许恩丹曾经根本无法讲话，后来在蒋校长的帮助下，她进行了手术，经过几年的康复训练，她如今已经有了明显的进步。

声音出来了，不等于就会说话，不等于就掌握了说话的方法。正因为如此，蒋春英在每次上课的前五分钟总是练习呼吸，并大声地带着孩子一起发声。从带新生、当班主任、教语文，蒋春英心里一直很清楚，要想胜任这份工作，就需要倾注比普通教师更多的精力和爱心。也正因如此，她的嗓子受到了不可挽回的伤害。

"我教学的时候，总想他们能听到我的声音，我就尽可能地放大声音，所以一届孩子八年，带出来以后嗓子就不行了，到了后来就没有声音了。2000 年的时候，我就去做了手术，动了刀以后，现在还能勉强发出沙哑的声音。"当时的情景蒋校长回忆起来依然历历在目。

尽管如此，蒋春英仍然把全部的精力都投入到了教学当中。为提升教学品质，她开始着手教育科研，承担了十余个教育部"十五"特教课题。她撰写的三十余篇管理和教学论文在《中国教育报》等报刊发表或获奖。2002 年，蒋春英担任了杭州聋人学校校长一职，从此确立了"培养残而有为的劳动者"这一办学宗旨，并逐渐探索出了一条"康复＋升学＋就业"的聋教之路。

杭州聋人学校不仅接纳从学前班到普通高中的聋人学生，还有适合聋人学生的职业高中，因此蒋校长经常会一边帮学生们联系实习单位，一边带着学生们到学校的菜园里学习种菜技能。

蒋春英常说："我当了三十多年聋校教师，没有教出一个上北大、清华的学生，也没有教出一个科学家、艺术家。学生中既没有文化巨子，也没有商界名流。我只是教了几百名学生。但我觉得，我很富有，让这几百名学生幸福成长、自强成才，这就是我作为一名特教工作者的价值。"

微评　　这是一个无声的世界，却充满了爱的语言。温柔的眼神，美丽的手语，幸福的表情……构筑起一个爱意浓浓的世界。蒋春英老师，她一路倾洒爱心和才华，诠释着大爱无声的真谛。

叶巧荣：
三十余年的坚守

叶巧荣，安徽省宁国市云梯畲族中心小学毛坦教学点教师。先后被评为安徽省优秀乡村教师，曾宪梓教育基金会优秀教师，宁国市岗位责任制先进个人，云梯畲族乡优秀党员、优秀教师。

1979 年，叶巧荣被选招为民办教师，自此进入安徽省毛坦村大山深处的唯一一所小学。三十余年来，她既是任课教师、班主任、校长，又是孩子们心目中的妈妈。

"叶老师是个工作狂，每天只知道干工作，一点不注意自己的身体。"这是所有熟知她的人对她最客观、平实的评价。附近的村民每天都会看到：第一个到校的是叶老师，她把校门打开，迎接每一名学生；下班最晚的也是叶老师，等所有学生都离校了，她才离开学校。

到山外去教书的念头也曾在她脑海里闪过，但很快又消失了。本来有几次可以走出大山去外面任教的机会，也都被叶巧荣回绝了，她说："这个深山里的村子怎能没有学校、没有老师？"

自 1979 年起，叶巧荣就一直担任毛坦村小学的校长职务，这些年，在教书的同时，她做得最多的就是东奔西走、多方求援为学校改善教学设施。

2012 年，宁国市教体局的领导专程上山，给毛坦小学送来一台冰箱和一个电磁炉。叶巧荣说，以前是在山上一处菜店里买菜，或者是丈夫偶尔不忙时买好菜送过来，可这学期开始，菜店因赚不到钱撤店了，现在有了这台冰箱，她就能一次性买上一星期的菜。山上的冬天非常冷，"有电磁炉了，冬天我给他们做小火锅，吃得更安心"。

作为学校唯一的老师，她当了几十年的班主任。"全面了解、有的放矢、把握时机、注意方法、多向配合、注重激励"，就是她对教师工作的总结。

班里有些学生，平时比较听话，成绩也好，家长经常听到的是赞扬声，亲属、朋友往往过多地夸耀、褒扬孩子的长处，而看不到孩子身上的不足。对这样的学生，叶巧荣会选择在某次考试之后进行家访，一方面，及时告诉家长学生取得的成绩；另一方面，反映该生在校的某些不良表现，晓以利害。这样，家长既能为孩子的成绩而高兴，又能清楚地看到孩子存在的问题，从而加强对孩子的全面教育。

年复一年，叶老师用她的爱心坚守点燃了孩子们心中最初的一簇智慧火苗，三十余年来，学生中有三十多人考上大中专院校，工作在各行各业，叶巧荣也收获了自豪与快乐。

三尺讲台，承载了多少薪火相传的责任。那间教室，放飞的是希望，守巢的是自己；那块黑板，写下的是真理，擦去的是功利；那根粉笔，画出的是彩虹，洒下的是心血和汗水。三十余年来，叶老师扎根农村，多少个不眠夜晚，多少次早出晚归，多少酸甜苦辣，虽然心力交瘁，但爱心永恒，无怨无悔，因为在她的心中只有一个愿望：让每一个农村的孩子都成材！

微评 一名普通的山村教师，用平凡而崇高的师德之光，照亮了无数山区孩子纯洁的心灵。

陈文明:
坚守山乡三十余年

陈文明,福建省永定县湖山中心小学教师。曾获"福建杰出人民教师""全国模范教师"等荣誉称号。

福建省永定县湖山乡地处闽粤两省交界处,离县城六十多公里,被称为"永定的西伯利亚"。1982 年,陈文明第一次来到湖山中心小学这样一所"单人校"时,望着随时都可能被风刮倒、被雨冲垮的低矮土屋,既感到吃惊,也有一丝失望与无奈。就在这时,几个正在玩泥巴的小孩过来问他是不是老师,他说是,几个孩子激动地咧着嘴叫"老师,老师"。也正是这几声"老师",让陈文明的内心深处喷涌出一股热血。他几乎是跳着登上了那个破旧但却洒满阳光的讲台。这一跳,也成就了他一生的舞台。

陈文明的家与学校相距甚远,且中间没有公路,只有一条山间羊肠小道,往返一趟要走六个多小时。陈文明一把雨伞遮阳挡雨,一只挎包背米背菜,每周准时返校,风雨无阻。在这段崎岖的山路上,他常常和野兔结伴,与野猪同行。

在学校里,白天他与十几个学生相处;放学后他与空空的教室、静静的厨房兼宿舍相依相伴,晚上坐在煤油灯前备课、改作业。工作和生活的极大困难,压得陈文明有些喘不过气来,但他却始终无怨无悔。

1987 年，陈文明隐隐感到手脚无力、腹部疼痛，起初以为是胃出了毛病，就没有太注意。过了一段时间，实在是坚持不住了，他才来到医院检查，结果发现是肝功能出现了问题。

陈文明在龙岩住院的一个多月里，心里充满忧虑，毕业班孩子的面容一个一个浮现在眼前，让他彻夜难眠。最终，他不顾家人的劝阻，没等身体康复就回到学校上课。那一年，毕业班的孩子考得格外理想，被同行们认为是创造了一个奇迹。

五年级的永生是全校出名的"后进生"，开学第一天就不交作业。陈文明得知他将买作业本的钱去买零食后，并没有过多地责怪他，而是耐心劝导，还为他重新买了作业本。一次，吃午饭的时候，永生不小心摔了一跤，额头上鲜血直流。陈文明看见后，立马放下手中的碗筷，背起他就往医院飞奔。回到学校，疲惫不堪的陈文明又给永生煮了一碗面。当热气腾腾的面条摆在永生的面前时，他终于控制不住自己了，扑倒在陈文明的怀中大哭起来："老师，今后我一定听您的话，好好学习。"

1998 年秋季的一个中午，有一个学生在家里食物中毒。正准备吃午饭的陈文明听到消息后，立即与校领导一同赶到出事地点，迅速把中毒学生送到医院治疗。当地医疗条件差，陈文明又马不停蹄地协助联系车辆，将学生转到下洋医院。整个抢救过程进行了两天两夜，陈文明始终在医院守护学生。由于赢得了抢救的第一时间，中毒学生几天后就康复出院。

始终坚守三尺讲台、用粉笔和热血默默耕耘的陈文明一直这样告诫自己："人生的宗旨是对事业开拓进取，无私奉献；人生的品格是为人作风正派，处事公道；人生的价值是对社会有所作为，为众认可。"

微评

多年来，他一直行走在山路上，却把学生们送上了理想之路。"教育是影响人的艺术，是一座山连着另一座山，一颗良知呼唤另一颗良知，一个灵魂镌刻另一个灵魂。"他把爱心撒向每一个学生，源自他对教育的透彻理解。

林芝:
用一生的爱守护蓝色海岛

林芝,福建省霞浦县海岛九年一贯制学校教师。全国模范教师,福建省"优秀农村教师"。

在海岛这块贫瘠的土地上默默耕耘三十余年,在三尺讲台前尽情挥洒着她的美丽人生,她热爱教书这个职业,怀着一颗真诚的爱心,坚守在自己的教学岗位上。她叫林芝,是福建省霞浦县海岛九年一贯制学校的一名普通教师。

课上,她认真教学;课后,她给基础薄弱的学生查漏补缺。她注重培养学生的兴趣,经常在班级中开展"小小征文赛"、"读书比赛"、"讲故事比赛"等活动,积极推荐学生参加各级各类比赛,并担任他们的辅导老师。

做一名教师不易,做一名合格的教师更不易,不但要教好书,更要育好人。为此,在平时的教学中,她非常注意自己的一言一行。学生在学习中取得了进步,她都会及时进行表扬,为他们加油。

在多年的教学工作中,她善于观察学生的每一个细微变化,注意深入学生中去了解他们的心声,不仅在学习上帮助他们,更在思想上开导他们。对于那些习惯较差、对学习缺乏兴趣、学习态度不端正的学生,她经常会把他们带回自己的家里，反复给他们讲做人的道理。对于一些家庭经济困难的学生，她会为他们垫付学费，并动员班里其他学生多关心他们，从而使这些学生感受到班集体的温暖。

自从选择了教书这个职业，林芝就下定了决心，一辈子都不会放弃做一个好老师的追求。她把学校当作自己的家，把学生当作自己的孩子，把所有的时间都用在了工作上。

海岛上的生活与陆地不同，鱼汛一到，家长们都会忙于做鱼货买卖，无暇顾及孩子们的学习。于是，有些家长就会在周末或晚上给她打电话，请她到自己的家中帮着督促孩子完成功课。每当遇到这种情况，无论刮风下雨，她都义无反顾地答应下来，为这些孩子的家长解除后顾之忧。

辛勤的付出，换来的是学生的理解与爱戴。学生们会经常围在她的身边说，"老师，我喜欢听您上课，您讲的课我们都听懂了"，"老师，您做我的妈妈真好"……一句句肺腑之言，让她感动不已。

微评　　她甘做"为人师表，教书育人"的先锋，把教育工作视为自己的生命。三十余年来，她把自己人生中最美好的时光和自己的爱都奉献给了海岛的教育事业，奉献给了家乡的孩子。

潘懋元：
打造中国高等教育学的第一张"名片"

> 潘懋元，厦门大学教授，全国教书育人楷模。
> 我国高等教育学的创始人和开拓者、著名高等教
> 育学专家。

　　潘懋元1945年毕业于厦门大学教育系并留校任教。早在20世纪50年代，潘懋元就敏锐地感觉到"不能把大学生当成小学生一样来教育"。因为大学是要培养面对社会的人才的，不像中学、小学，所以教育方式不一样。

　　于是，他倡议建立一门新学科——高等教育学，以促进高等教育改革，提高高等教育质量。但是由于历史原因，大学教育荒废，建立高等教育学的主张没有得到应有的响应。党的十一届三中全会后，我国的高等教育迎来了春天。1978年，潘懋元发表文章，再次倡议建立高等教育学学科，立刻得到了全国高等教育界的热烈关注与支持。此后，潘懋元开始了他事业上的一个全新阶段，他以辛勤的工作和开拓性的探索，写下了中国高等教育学科的一个又一个"第一"：1978年，创办并主持全国第一所专门的高等教育科学研究机构——厦门大学高等教育科学研究室；1981年，开始招收中国第一批高等教育学硕士研究生；

1984 年，出版中国第一部高等教育学专著——《高等教育学》，奠定了这一新学科的理论基础，同年国务院学位委员会正式将高等教育学列为二级学科；1986 年，成为中国第一位高等教育学博士生导师，并于当年招收了第一批高等教育学博士研究生。多年来，他总是站在高等教育学学科的前沿和制高点上，严谨治学，抢抓时机。

作为我国高等教育学学科的倡建者和奠基人，潘教授为中国高等教育学科的建立多方奔走。与此同时，他把学术眼光投向全国，积极推动和鼓励其他大学和研究机构开展高等教育学研究与学科建设。

二十多年的岁月更迭，潘懋元的研究领域遍及高等教育与市场经济、知识经济的关系，高等教育与传统文化等诸多问题。而今，94 岁高龄的潘懋元先生仍以他矍铄的精神和睿智的头脑，在高等教育这块广袤的田野上孜孜不倦地耕耘着。

现在，潘教授门下仍有数名在读博士。他主张把学生从教室带到社会，用鲜活的事例教书育人。自 2000 年以来，他每年都要带领博士生到外地开展专题调研。

在课堂内，潘教授"传道、授业、解惑"。在课堂外，潘教授创设了一种带有自由切磋论辩色彩的师生交流方式——学术沙龙。每周六的七点半，只要潘教授不出差，学术沙龙都会在他的客厅里如期举行。沙龙的主题一是学术，二是生活。学术方面的主题是课堂的延伸，但是更自由。生活方面的主题也很多，形式很丰富。每次参加沙龙的人很多，几乎爆满，稍微晚去一点就很难找到坐的地方。他家里大大小小的凳子有六十多个，全部坐满，从阳台一直排坐到门口。没有课堂上的正襟危坐和刻板拘谨，大家畅所欲言，既谈学问中的人生，也谈人生中的学问。在潘教授的率先垂范下，其他教授也纷纷开设了学术沙龙，这成为厦门大学教育研究院的一个宝贵的学术传统。

　　他是高等教育学的创始人，为中国高等教育学学科的建立呕心沥血。他也是"传道、授业、解惑"的教书人，主张把学生从教室带到社会，培养了大批教育人才，是真正的教育学家。他始终认为当老师是最幸福的，"一天到晚跟活泼的年轻人在一起，就是幸福"。

叶美玉：

润物细无声，大爱传万家

叶美玉，福建省南平市盲聋哑学校教师。南平市优秀共产党员。

十几年来，叶美玉从一名普教教师转而成为特教教师，不断升华着自己对教育事业的认知，她不仅点亮了孩子的前程，更点燃了一个家庭的希望、一个社会群体的希望。叶美玉常常幽默地说："我就是学校的'后勤队长'。"

福建省南平市盲聋哑学校是闽北唯一一所招收视听残障儿童的特殊教育全寄宿制学校，目前有 17 个教学班、183 名孩子。走进校园的大门，183 名孩子的衣食住行、冷暖健康就成为叶美玉最操心的事儿。二年级的盲生杨金莲，父母离异，父亲靠捡垃圾谋生，杨金莲也养成了到垃圾箱捡食物吃的习惯。于是，叶美玉格外注意引导小金莲去培养良好的卫生习惯，她很多不好的习惯逐渐得到改正。

刚入学的聋哑孩子年龄小，有的孩子甚至连勺子都不会用，叶美玉就手把手地教他们。季节变化了，叶美玉提醒孩子要及时增减衣物。孩子生病了，叶美玉及时带他们去医院看病，细心照料……

　　纪昌耀是个弱智儿童，不能控制大小便。面对无助的小昌耀，叶美玉每天都为他清洗衣服。肖家伟嘴唇患了溃疡，叶美玉二话没说，带着他就去医院看病，回来后每天帮他擦洗上药，还给他的被褥消毒。肖家伟在日记中这样写道："叶老师，我把您累坏了，您就像我的妈妈！" 7 岁的叶慧琳患有自闭症，在家睡觉时总让父母抱着。来到学校后，叶美玉每天都抱着她睡觉。一天午休的时候，小慧琳的妈妈来校探望，看见在老师怀里睡得正香的孩子，感动得流下了泪水。

　　在家里，叶美玉的孩子和丈夫不仅十分理解她，而且在她的感染下，也加入了这个充满爱的大家庭。每到一些重要节日，看到有些孩子由于各种原因无法和亲人团聚，叶美玉就会把他们带回自己的家里过节。现在每逢节假日，叶美玉的丈夫都会习惯性地问上一句："有孩子过来吗？需要我去接吗？"

　　为每一个存在问题的孩子设立个性化的教育方案，叶美玉在这方面有"绝招"。其中最常用的，就是约孩子一起吃早餐或是周末一起到校外的小饭店去吃好吃的。叶美玉说，这个时候，孩子是最容易交流的。因为在吃饭的时候，最能唤起他们对家的感觉，给予老师像父母一样的信任。获得孩子的信任后，叶美玉就会询问这些孩子有什么想法和建议。叶美玉还会让他们到"学生自我管理委员会"去任职，让荣誉与责任一起来约束他们的行为。已经考上北京某大学聋哑人特殊班的邹国财，曾经是一个既聪明又调皮的孩子，在初中三年的学习中，叶美玉让他当学生活动室的管理组长。在工作中，邹国财迷上了图书室里的各种书籍，学习不断进步，后被选送到厦门市特教学校高中部学习，并最终考上了大学。

微评

　　十余年孜孜育人的轨迹，从充满大爱的春天，一直通往丰硕的秋天。孩子的世界，她最懂；孩子的成长，她最懂。她用辛勤的汗水浇灌着一朵朵迟开的花蕾，让这些沉睡的花蕾苏醒、开放。

曾春生：
丹心热血沃新花

曾春生，福建省漳州市溪头村小学校长。福建省优秀教师，福建省师德标兵，福建省敬业奉献道德模范，福建省第九届党代会代表，福建省第三届杰出人民教师。

福建省漳州市溪头村小学地处偏远山区，交通十分不便。许多老师对此望而生畏。当地的家长也都纷纷把孩子送到外面去读书。在最低谷的时候，学校只有八十多个学生。

2000年，曾春生接手这个"烂摊子"，出任溪头小学校长。"学校要发展，必须改变观念，必须重塑学校的形象。"曾春生默默地对自己说。他想到做到，利用双休日时间，多次走访村里有名望的老干部，同时外出寻找能人，共商办学大计。

2000年上学期的期末，溪头村小学举行了有史以来第一次由学生家长、老干部、社会能人等参加的家长会，宁静的小山村可谓"盛况空前"。会上，曾春生把学校的状况、办学的理念、学校的发展目标对大家做了介绍，同时表达了办好溪头小学的决心和信心。尊师重教的浓厚氛围在曾春生的努力下空前高涨。

"不让一个孩子掉队。"曾春生是这样说的，也是这样做的。有一次下大雨，有些学生没有带雨具，曾春生便领着孩子们去买雨具。在去店铺的路上，雨越下越大。曾春生很不放心，决定还是把孩子们送回家。于是，他用了一个多小时的时间，把孩子们一个个地送回了家。以后每逢刮风下雨，他都会把孩子们一个个地护送回家。

为了学生上学的安全，曾春生坚持每天凌晨5点多钟就起床，拿着手电筒，在崎岖的山路上，护送孩子们上学。到了河边，他手里拉着年龄大一点的孩子，背上背着个头小一点的，一个一个地把他们护送过河。放学后，他再把孩子们一个个地送回家，然后自己才摸黑回家。

为了"不再让山区的孩子当'睁眼瞎'"，曾春生自掏腰包，资助家庭贫困的孩子上学。有一个村民家里很穷，眼见孩子已经到了读书的年龄，便找到曾春生。曾春生二话没说，当场掏钱替孩子交了学费。不管学生家有多远，只要有想辍学的，他就天天去家访。溪头村村委会主任赖金山常说："为了让辍学的孩子重回学校，曾校长不知踏破了多少双鞋子，翻越了多少山岭，趟过了多少小河溪流……"

曾春生让那些父母外出打工的孩子住到他的宿舍里，把这些孩子当成自己的孩子，与他们同吃、同住。孩子们年龄小，晚上休息时，他总是准时在半夜2点钟起床为他们盖被子。为了让这些学生住得安心，他还带头与老师们一起，轮流与学生住在同一个宿舍里，嘘寒问暖，使得这些留守儿童虽然父母不在身边，却依然能感受到父母般的温暖。外出打工的家长们说起溪头村小学都十二分地放心。不仅如此，邻乡的许多外出打工的家长也把孩子送到了这所学校。国强乡三五村的赖志宏说："我很放心，孩子在这所学校住得很开心。我一个多月才回家一次接孩子回去。孩子年纪这么小，一住一个多月，我没操心过。我打心眼里感激曾校长。"

微评

他勇挑重担，绘蓝图心系教育，"化缘"建学校无怨无悔，为人师表处处以身作则，始终以人民教师的职业道德和行为规范鞭策自己。"春蚕到死丝方尽，蜡炬成灰泪始干"的精神，在曾春生的身上得到了完美诠释。

陈和芳:
孤岛教学点的守望者

陈和芳,江西省鄱阳县油墩街镇港头小学大港边教学点教师。曾多次被评为镇优秀教师、优秀班主任,2005 年被评为鄱阳县优秀教师,2007年获"江西省优秀班主任"称号。

陈和芳,他的人生轨迹可以用一连串的数字来表示:一个贫困村,一个教学点,一个老师,两个年级,近四十个春秋。

"每天学生往返都是靠这条船。"王欣指着正在行驶的渡船说。

这条渡船连接的是江西省鄱阳县油墩街镇港头小学和河对岸的大港边教学点。王欣作为这所学校的校长,经常去教学点看望陈老师和他的 25 个学生。

大港边距离南昌市有三个多小时的路程,是全县乃至全省闻名的半岛村。这个村子十分偏僻,三面环水,地势低洼,交通极不方便。就在这个"三年两无收,十年九场空,十里不连村,出门要坐船"的贫困村里,陈和芳老师默默地坚守了近四十个春秋。

陈和芳每天都和孩子们在一起。他说:"这里是一人一校,我不去管理学生，万一他们打架、玩水、玩火、翻高爬低，发生事故怎么办呢？几十个人的事要比一家的事重要得多！我要对全体学生负责。"

为了方便教学和管理，陈老师只好把两个年级的学生安排在一个教室，采用复式教学。一年级自习，二年级就上课，而他自己却没有一点休息的时间。

"我是本村人，我不在这里教，那别人就更不会来这里。"每当学校有机会让他调离这个艰苦的教学点时，陈老师总会这样说。

近四十年来，陈和芳爱生如子，决不让一个孩子失学是他的从教原则。

学生陈长明因患了小儿麻痹症，双腿残疾，不能和同龄的孩子一起上学，8岁多了还没有上学。有一次，可怜的小长明坐在自家门槛上哭泣，他抱住母亲的双腿哀求说："我要上学！妈妈，我也要去上学！"

母亲含着眼泪说："孩子，不是爸妈不让你上学，是你走路不方便，去上学太麻烦了，天天接送不算，大小便都要有人帮你才行啊！"

这一幕正好被前来家访的陈老师看到了，他的心情无比沉重，走上前，说："小长明渴望上学是好事，说明他很有志气，咱们应该尽最大的努力帮他完成心愿，接送小长明及在学校照料他的生活就包在我身上吧！"

在他的劝说下，小长明终于和同龄的孩子一样坐在教室里上课了。但每天接送小长明及照顾他在校大小便的任务全部落在了陈和芳的肩上，这样一照顾就是四年。

村里的学生们上学要乘渡船过一条河。2006年，渡工陈金木因没拿到头一年的工资不同意再驾渡，渡船停了。转眼又到了开学时间，村里又没有干部出面协调渡船事宜，学生无法过河读书。陈和芳急了，自己带着500元钱找到陈金木。陈金木被他对学生的满腔爱心感动了，第二天就把渡船开通了。

"有这样的老师真是学生的福气呀！"陈金木感慨地说。

近四十年来，陈和芳老师培养了一批又一批学生，他们从孤岛走出，走向社会，成为各行各业的有用人才。他所倾注的爱心和汗水没有白费，这也是对他最大的安慰。

李刚：
我只想做个平凡的好老师

李刚，江西省南昌大学基础医学院教师。曾先后被评为江西省师德先进个人，宝钢优秀教师，省女科技工作先进个人，南昌大学优秀党员、优秀党务工作者、医学院十佳青年教师、十佳德育教师等。

李刚是江西省南昌大学基础医学院的教师。作为一名大学老师，她从不为自己的名利着想，总是默默无闻、甘愿奉献。工作中，无论是从事教学还是做学术研究，她都做得有声有色。

"我那时刚刚毕业，是李刚老师手把手地教我怎么上课、怎么备课的。"蔡伟老师回想起她刚来这里当老师时的情景说。蔡伟本来是李刚老师的学生，2001年大学毕业的她留校任教，来到了遗传与细胞生物教研室工作。

为了提高学校的国际化水平，李刚率先在医学院开展双语教学。她和教研室的同事们不分昼夜地编写双语教材，讨论教学方法。每位青年教师上课前她都要一遍又一遍地听试讲。

"面对一年级学生，如果全用英文授课，他们会听不懂，但全用中文就不能叫双语，怎么样能有机地结合在一起，我们都认真思考。"每次在蔡伟老师上课前，李刚都会反复听她试讲。"我们最少花两天的时间，让年轻老师给我们试讲。"

在这个由十人组成的教研室里，有老中青三代教师，而李刚作为一名有着三十多年一线工作经验的老教师，总会手把手地带领着青年教师们，把自己的经验全部传授给他们。

"我觉得要把年轻老师推上去，希望在他们身上。"李刚老师总是这样说，她也是这样做的。

在多年的科研工作中她先后主持和参加了多项国家级、省级课题，但在成果和论文发表上她却总把年轻教师的名字写在前面。

在三十多年的教学科研工作中，她直接面授的本科生、研究生达三万多人次，这些学生现都分布在全省、全国乃至国外的医疗科研岗位上，有的已经是学术带头人。现在江西各大医院的科室主任和骨干医生大部分都是她的学生，这些学生的成绩让她感到非常欣慰。这些遍布各地的学生只要回忆学生时代都会谈起李刚老师，对医学院的学生来说，教授基础课程的教师是最容易被人遗忘的，可李刚老师总是在他们的记忆里。

微评　　李刚用自己三十多年的从教经历，注解着什么叫无私奉献，什么叫坚强坚守。就像南昌大学校徽中的香樟树，它叶茂根深，浓荫遍地，但它的树叶，却长于沃土，最后又化作泥土回报大地。

刘锡全：
学生上学路上的"安全守护神"

刘锡全，江西省上栗县杨岐乡文岐小学教师，江西省师德先进个人、江西省首届"最美乡村教师"称号获得者。

每天早上 7 点 50 分，一支近百人的小学生队伍，在一名老师的带领下，准时从桃文村桃花冲出发，沿着 319 国道向学校走去。多年来，这已成为这条国道上的一道独特的风景。

带队的老师就是 57 岁的刘锡全。十一年来，他坚持每天护送途经 319 国道桃文村段的学生上下学，风雨无阻，被当地百姓誉为学生上学路上的"安全守护神"。

文岐小学是上栗县桃文村唯一的学校，位于山腰上，有两百多名学生，其中 94 名学生住在山下的桃花冲，距学校有 2000 米的路程。他们每天都要沿着 319 国道步行 1500 米去上学。这段路宽约 8 米，车流量大，车速快，成年人稍有不慎都有可能被呼啸而过的车辆剐到。

2003 年，家住 319 国道旁边的刘锡全主动请缨，承担起了护送家住桃花冲的学生上下学的重任。自此，不管是刮风、下雨还是下大雪，刘锡全都坚持走在学生的身边，从未间断过。

小学生大多顽皮好动，喜欢打打闹闹。为此，每当过马路、走山道时，刘锡全都会目不转睛地盯住孩子们的一举一动。不仅如此，他还想出了一套管理学生的好方法。比如，按照年级选出五名队长，协助自己管理队伍；制定奖罚分明的"交通规则"，每天给学生打分。

十一年来，刘锡全在1500米的国道上穿越了近三千次，没有一个学生因交通事故受伤。刘锡全说，看到孩子们能高高兴兴地上学，个个健健康康的，他心里感到很安慰。

微评　　十一年，在刘锡全的呵护下，山里的孩子健康快乐地成长着；十一年，刘锡全坚守着对学校、家长的那份特殊承诺，默默地走在熟悉的国道上，把安全和希望留给了大山里的孩子。

汪定国：
"心灵花园"的守望者

汪定国，江西景德镇市浮梁县西湖乡宗源教学
点教师。县级优秀教师。

1977年，汪定国从部队转业回到了江西景德镇市浮梁县西湖乡。他因为在部队上学了驾驶这门"手艺"——这在当年可是一门了不起的、令人羡慕的技术——被安排进了西湖乡政府开车。对于年轻的汪定国来说，这既是一份能让自己学有所用的工作，更是一份在很多人的眼里十分"风光"的工作。

可是谁也想不到，在乡政府开车不到半年时间，汪定国便突然放弃了这份"风光"的工作，选择回到真正属于他的山旮旯家乡——合源村，在离家二十多里山路的宗源教学点当上了一位民办教师，从此走上了艰辛的教书育人之路。

当年，合源村小学是这样布局的：山脚下有一所完全小学，设一到五年级，另外有十几个教学点，设一到三年级。各教学点的学生上完三年级后，就聚到完全小学来上四、五年级。在教学点任教，一个人既是校长又是班主任，要教一到三年级的语文和数学两门主课，此外还有音乐、体育、美术、劳动等课，几乎一天到晚都要站在讲台上对着学生说个不停，工作的繁杂与辛苦可想而知。

因此，没有老师愿意去教学点工作。但汪定国却始终扎根大山，坎坷的山路上，留下了他太多奔忙的身影与足迹。

汪定国对待学生有自己的一套方法，即三"心"二"意"：对学习成绩好的要精心，对学习成绩中等的要耐心，对学习成绩不理想的要有爱心；对待工作要有意，对待荣誉要无意。汪定国对学生的关爱不仅体现在学习上，也体现在生活上。冬天，他每天要为路远的学生热饭，给他们烧开水。遇到学生突发疾病，他会背着他们去找医生。在教学点里，他既是老师，又是父母。

汪定国的家中有一个常年抱病的病人，就是他的结发妻子。为了既不耽误教学工作，又能照顾自己患病的妻子，汪定国每天都要在崎岖的山路上来回奔波。面对人生的磨难，汪定国没有叫一声苦，喊一声累，而是默默地扛起这一切，风里来，雨里去，匆匆地行走在曲折的山路上。

汪定国对教育事业的那份爱是深沉的、火热的，更是执着的。从拿起粉笔的那一天起，他就决定要把一生的爱都献给这座心灵的"花园"。

微评

　　三十余年的执教生涯，源于爱，源于坚守，源于崇高的信念。他为自己心灵的那座"花园"付出了太多的热诚与心血。他的人生虽不惊天动地，却绽放出动人的美丽。"没有比脚更长的路"，正是对他奔波辛劳的最真实的写照！

王祖德:
用德育带动一方水土

王祖德，江西省萍乡市武功山职业中专党支
部书记，全国教书育人楷模。

1997年大学毕业后，王祖德选择了萍乡市武功山职业中等专业学校，成为一名农村中职教师。

参加工作的第一年，王祖德就当起了班主任。面对有的学生离校不归、课间操缺勤、晚上就寝情况糟糕等现状，王祖德的第一反应是自责："作为班主任，我只充当了管理学生的'摄像头'，却没能真正走入学生的心灵世界。"

于是，王祖德决定去家访。山区的道路崎岖难行，但王祖德仍坚持骑着车挨家挨户去走访。路上饿了，他就在附近的小商店买个面包。他常常与家长和学生深谈到凌晨，晓之以理、动之以情，耐心地向家长解释让孩子掌握一门技术有多么重要，同时也诚恳地征求他们对学校工作的意见。最终，王祖德用自己的真心和执着，将打算辍学的孩子一个个地都"请"回了学校。

在长期的教学实践中，王祖德意识到德育对于职业教育有着举足轻重的作用，"在农村，如果学生消除了读中职学校矮人一等的意识，思想上想通了，不自暴自弃，有了学习的心思，就一切都有可能了。可以说，有效的德育是开启中职教育大门的金钥匙"。为此，王祖德摸索出了"德育银行"的管理模式，将学生的德育表现量化为"存分"，每周公布"借支"和"收入"情况，以此激励和感召学生。

职业教育，重头戏还是培养学生掌握一技之长。为此，王祖德和他的同事们尝试"学校＋公司＋农户"的办学模式，把课堂搬到了田间地头、牛圈羊场，走出了一条"校村对接""校企融合"的特色发展之路。如今，萍乡市武功山职业中等专业学校已经成为国家中等职业教育改革发展示范校。

　　十几年来，王祖德多次放弃外出发展的机会，执着而辛勤地耕耘在农村职业教育这片土地上。他坚持用真诚打开学生的心扉，走入他们的内心世界，用深入细致的德育工作，春风化雨，浸润学生的心田，实现了"一棵树撼动另一棵树，一颗心灵唤醒另一颗心灵"的目标。

吴梅蓉：
79岁退休教师拾荒助学二十载

> 吴梅蓉，江西省南昌市第二十九中学退休教师。

年过古稀的吴梅蓉是一名退休教师，家住南昌市青云谱区谷市街社区的南昌十六中教工宿舍。老人简陋的家中，珍藏着一份特殊的物品，那就是一张张捐款收据：100元、200元、300元……这些捐款都是吴梅蓉省吃俭用、靠捡拾废品一分一角攒出来的。

1991年，合肥遭遇特大洪涝灾害，吴梅蓉拿出省吃俭用存下的一百元捐给了灾区。当时，她每月的工资只有四十多元。此后，吴梅蓉便开始对贫困学生、孤残儿童和灾区进行捐助。其实，吴梅蓉的收入除了要维持家人的日常生活开支外，还要支付儿子每月一千多元的医疗费以及孙女的学费。尽管如此，二十余年来，她依然靠着拾捡废品挣来的钱，从未间断地捐助他人。

南昌十六中初中部的学生邓晓红就是其中的一个受益者。吴梅蓉不仅义务对邓晓红进行课外辅导，还在她学习成绩提高时，自掏腰包对其进行奖励。对此，吴梅蓉是这么说的："我只是告诉她要怎样学习、怎样提高成绩，这没有什么。她叫我奶奶，我就是她的亲人。她的成绩有所提高，我就用捡废品的钱买些文具奖励她，鼓励她再上一层楼。"

即将参加中考的邓晓红，很快就要离开帮助她三年的吴奶奶了，她万分不舍。"奶奶就是我的家人，即使离开了学校，我也会经常回来看望奶奶。长大后，我一定像奶奶那样，去帮助那些需要帮助的人。"

"以前家里穷，今天有这样的好日子，我很满足。我们好了，还要使我们的下一代更好，使困难儿童更好，让他们可以好好学习，将来为祖国做贡献。帮助他们就等于帮助自己，何乐而不为？"吴梅蓉如是说。

微评　　吴梅蓉退而不休，靠拾荒热心服务社会。她不图名、不图利，一颗善良的爱心不仅温暖着孩子们，更感染和激励着身边的人们也去善待他人。

吴大才：
山村教师护"蕾"情

吴大才，江西南丰县白舍镇田东小学教师。2002 年被评为南丰县优秀班主任，2003 年被评为南丰县优秀教师，2009 年 9 月被评为江西省模范教师，2010 年 3 月获得抚州市"十大新闻人物"荣誉称号。

　　吴大才是江西南丰县白舍镇田东小学一名普通的山村教师，他倾情教育 35 年，他爱生如子，多年来坚持护送孩子们过水坝，被当地传为佳话。

　　"今天过坝的同学都来了吗？"校长问道。

　　"外面雨很大，不过都安全过来了。"吴老师答道。

　　校长所说的水坝是三十多年前由当地政府为田东村格州村小组灌溉农田建造的，高三米，长三十多米。它是格州村小组和附近两个村小组的孩子上学的必经之路。

　　平时大人在水坝上行走还要格外小心，何况是活蹦乱跳的孩子，因而走水坝也就成了家长对孩子上学的最大担忧。了解这一情况后，家住格州村小组，当时还是民办教师的吴大才老师主动承担起护送孩子过水坝的重任。他把三个村庄的孩子分成三个小组，上学时，提早到水坝边一组一组地领着、牵着孩子上学，放学后又一组一组地领着、牵着孩子过水坝回家；遇上汛期时还要把年纪小的孩子一个个背过去。为了孩子们上学安全，这样一牵一背就是三十多年。

三十多年来，吴大才老师亲手护送的孩子有近千名，许多家庭父子两代都是在他的护送下成长的。同村的吴有才至今仍记得，二十几年前，他在田东小学读书时，水坝顶上铺着鹅卵石，泄水渠上搭的还是三根木料拼成的便桥，自己胆小，每次过水坝都胆战心惊，是吴大才老师或背或牵地护送了他整整五年。

2008年，吴有才的儿子吴传富上学了，还是吴大才老师在护送。

"你要小心一点，不要乱跑，听见了吗？"吴老师叮嘱着吴传富。

"一天放学回家，我牵着吴传富的手过去，刚走了几步，一阵狂风吹来，水面掀起了水花，他的雨伞被打翻了，这时候他脚下一滑，我用力抓住了他，当时他整个身子都要掉下去。"吴老师至今回忆起来还很紧张。

这些年来，吴大才老师没请过一次假，镇里几次要调他到条件更好的镇中心小学任教，都被他回绝了。有一次，他的女儿得了急性肺炎，需到县医院诊治，学校也准了假，可他就是放心不下孩子们过水坝的事儿，硬是让妻子带着女儿去县医院住院治疗，自己坚持到校上课。

"我不放心这里的孩子，他们需要我。"吴老师总是这样说道。

随着新农村建设脚步的加快，2011年下半年，格州村小组到田东小学之间新修了一条宽阔的水泥公路。孩子们改走水泥路上学，但是吴大才老师仍然坚持护送孩子。

"水泥路绕远也要走，过水坝不安全，你们要听话。"每次遇到学生想抄近路要过水坝时吴老师都会这样对他们说。

微评　　在吴老师的眼中，孩子们就是水坝边一朵朵美丽的小花，需要用爱心、耐心去呵护。多年来，吴老师记不清自己穿坏过多少双雨鞋，也记不清自己背过、牵过多少个孩子过水坝。为了孩子们的安全，他三十多年如一日，千万次地行走在水坝上，用关爱与执着抒写着一名普通山村教师的护"蕾"情。

曾国福：
三十多年的爱心坚守

曾国福，江西省东乡县小璜镇岭上村小学教师。2011年被评为抚州市中小学师德先进个人。

一位貌不惊人、满脸皱纹、身体瘦弱、右脚甚至还略有残跛的普通教师，扎根山区小学，默默耕耘了三十多个春秋。他的名字叫曾国富。

岭上村小学坐落在小璜镇横山水库尾部，属于边远山区小学。曾老师的家距离学校有六七里。这里山高路陡，杂草丛生，九曲十八弯，说是路，其实就是曾老师几十年如一日地一步一个脚印踩出来的。遇到冰雪天或是下雨天，他都要带上一根拐杖。即使如此，患小儿麻痹而留下后遗症的曾老师还是常常会摔跤。为此，他每天都要随身带着一套衣服，以备随时换洗。

岭上村小学，仅有五位老师，却有五个年级，相当于一个老师要带一个年级的课。有时，离学校较远的教师不能及时赶到学校上课，曾老师就一人顶着上两个班的课。

曾老师时时刻刻都把学生的冷暖挂在心上，把学生的安全放在第一位。学校前面是一座大型水库，一些调皮的学生喜欢去水库边观鱼，十分危险。对此，曾老师可以说是费尽了心思，磨破了嘴皮，不厌其烦地对学生进行安全教育。即便如此，曾老师依旧放不下心，还会经常在课余饭后到学生可能去玩耍的地方反复察看。一次，有个低年级的学生在隔壁农户家门口玩耍，不小心掉进了粪池中。曾老师正好路过，见此情景，以最快的速度冲了过去，把这位学生从臭烘烘的粪池里捞了上来，并马上给学生洗澡，还把自己带来的换洗衣服给学生换上。

岭上村小学生源少，学生居住地分散，最远的离学校有八九里路。每当遇到恶劣天气，学校都要组织教师护送学生回家。学校领导考虑到曾老师的腿脚不方便，便没有给他安排护送任务。但是，曾老师考虑到有些教师的家距离学校更远，便坚决要求护送离校较近的学生，然后自己才拄着拐杖摸黑回家。他说："虽然累，但学生平安到家了，家长放心了，我心里也踏实了，晚上睡觉也安稳了。"

近年来，随着农民进城务工的增多，农村留守儿童的人数日益增加。有个学生，父母离异，自己与七十多岁的奶奶相依为命。孩子的父亲外出打工几年未回，更没有给孩子寄过钱，家庭生活十分困难，连基本的书本费都交不起。眼看着孩子面临辍学的危险，曾老师主动帮他交纳了全部费用，使孩子重返校园。不仅如此，曾老师还经常去他的家里做家访。这名留守儿童在日记中写道："我很小就失去了父爱和母爱，是曾老师让我感受到了亲人般的温暖。"孩子的奶奶更是逢人便夸："曾老师比孩子的父母还亲哪！"

曾国福一人负责了两个班的语文教学工作，而且还要兼着教一些辅科课程。有老师问他："教这么多课，难道你不觉得累吗？"曾国福微笑着说："只要学生能上好学，读好书，有出息，我就是苦点累点也值得！"

微评

　　一个安贫乐道的老师，一辈子坚守在教师这个神圣而光荣的岗位上。年复一年，日复一日，在这条平常少有人行走的山路上，曾老师高一脚、低一脚，踩出了自己无悔的人生。

吕文强：
爱润杏坛铸师魂

吕文强，山东省枣庄市第二中学教师。山东省优秀教师，山东省师德标兵，青岛市十佳师德标兵，青岛市优秀班主任，青岛市教学能手，青岛市学科带头人。

吕文强，从教三十多年，长期资助七十多名贫困学生，总金额达 12 万余元。一名普通的乡村中学教师，以他对教育最真实朴素的理解，撑起了众多寒门学子"知识改变命运"的现实梦想。

"吕老师说他资助学生 12 万余元，我们估计绝对不止这个数。"长期与吕文强共事的老师说。为了救助特困生，他几乎倾尽所有，多年来家里没有多余的存款，每月的工资也是所剩无几。

"如果向这些身处困境的孩子伸出援助之手，他们就会迈过人生中的一道坎！"吕文强老师动情地说。

如今已经是枣庄二中教师的赵平，从初中二年级到大学毕业，一直得到了吕老师的资助。"他光在俺儿身上花的钱就有四五万。俺对孩子说，你就是吕老师的半个儿啊！”赵平的母亲含着泪说。

"有我在，小芳就得上学，她的一切费用我包了。"面对品学兼优的初三学生葛小芳因家庭贫困而辍学的现状，吕文强老师当即做出了承诺。当葛小芳以优异的成绩考入山东省平度师范学校时，吕文强老师又东挪西凑了3000元，为她交上了学费，并亲自把她送到了学校。

哪个学生有问题，他就会走近这个学生。这是吕文强老师从来不变的施教风格。

王浩，从小学四年级就开始迷恋网吧，常常夜不归宿。为了去网吧的事儿，母亲曾用棍棒往死里揍过王浩，还用服毒自杀威胁过他，但都无济于事。这样的一个孩子来到吕文强老师的班里后，吕老师常常把他带到自己的家里吃、住，从功课辅导到心灵开导，无微不至。不到一年的"感化教育"，使王浩发生了巨大的变化，他不再去网吧，学习成绩快速提升。他的母亲含着泪喃喃地说道："奇迹啊！是吕老师把他从歪路上拉了回来！"初中毕业时，王浩以优异的成绩考入了山东省平度一中。

于刚，曾经是一个课堂上专门和老师作对的孩子。到了吕文强老师班上后，吕老师对他关怀备至，送书给他看，但顽劣的于刚还是捅了娄子——偷了家里卖玉米的钱后不知去向。夜里12点，正在输液的吕文强老师听说后拔了针头就去找孩子。黎明时分，他在网吧里找到了于刚，把他带回了自己的家里，并且张罗着给他做饭吃，看到此情此景，大滴大滴的眼泪从于刚的眼里流了出来。从此，这个学生也变了。

对于这样一些孩子，吕老师始终践行着孔子的一句话："有教无类"。

微评　　教育家马卡连柯曾这样诠释教育者最本真的创造："爱是一种伟大的感情，它总在创造奇迹，创造新的人。"送走了一届又一届学生的吕文强老师，从未停止的是他对学生的那份不变的爱心。一个"爱"字，更成为他最真实的教育名片。

宋作爱：
我一定要站在讲台上

宋作爱，山东省潍坊市临朐县九山镇宋王庄小学教师，潍坊市优秀教师。

1990 年，21 岁的宋作爱从师范学校毕业后，主动申请回到母校——临朐县九山镇宋王庄初中任教，成为学校有史以来第一位英语女教师。标准的发音、亲切的语调、漂亮的粉笔字，她的讲授，激起了山区孩子对英语学习的浓厚兴趣。

1992 年 8 月，学校有位英语老师生病请长假，而学校又无人可调，宋作爱便主动请缨，接过了初一另外两个班的英语课，每周课时从 24 节一下子变成了 48 节。超负荷的工作，把这位年轻的女教师累倒了。在县医院，她被确诊为骨髓炎。她不顾家人及亲朋好友的劝阻，夜里熬好一天的药，白天拄着根棍子，拖着红肿的双腿，坚持站在讲台上。

没过多久，宋作爱的病情进一步恶化，剧烈的疼痛令她无法站立。医生遗憾地告诉她，病情发展到现在，能解决痛苦的唯一办法就是截肢。

"截肢？不行！"宋作爱急了，恳求医生："我是教师，我一定要站在讲台上！"

宋作爱的真诚和敬业感动了主治医生。医院几经讨论会诊，最终修改了治疗方案。

宋作爱不仅对工作认真负责，对学生也悉心爱护。在宋王庄初中任教时，学生刘新梅，父亲早亡，家庭生活困难，濒临失学。宋作爱便悄悄地给她买来新课本、文具，还从家里给她捎来饭菜。刘新梅十分感动，坚定了求学的信念，最终考上中专。学生于兴云冬天没穿棉鞋冻了脚，宋作爱就赶紧给她买来了新棉鞋，还让当医生的丈夫开药方，为她熬好药水烫脚。

宋作爱现在任教的宋王庄小学是山东省第一所农村寄宿制小学。宋作爱主动承担起了管理寄宿女生的重担，不仅跟着寄宿女生一起吃饭、住宿，还成了六名寄宿女生的"代理妈妈"，做她们的校内监护人。宋作爱还利用业余时间自学教育心理学知识，开办少儿心理咨询室、成长导航站，解答学生在学习、生活上遇到的问题。一名毕业生在毕业留言中这样写道："就要毕业了，我真舍不得离开您。老师，我真想叫您一声'妈妈'。"

微评　　二十余年来，宋作爱以顽强的毅力与病魔进行抗争，始终坚守在山村的讲台上；二十余年来，宋作爱用自己的爱心，关心呵护着每一个孩子，成了孩子们的"代理妈妈"。

王升安、曹桂英夫妇：
微山湖上的守望者

王升安，山东省济宁市微山县高楼乡微西小学校长，曾荣获第三届"感动济宁"十佳人物。

曹桂英，山东省济宁市微山县高楼乡微西小学教师。

山东省济宁市微山湖西南端的微西村有一所小学，它坐落在一艘长 30 米、宽 8 米的水泥船上。学校里的 34 名学生全都是当地渔民的孩子。

这所船上小学的校长名叫王升安。他的手下现在只有一个"兵"，那就是自己的妻子曹桂英。夫妇二人是村里仅有的两位老师，已在湖上风雨同舟，坚守在这所小学三十多年。

夫妇俩把学生们划分为学前班和一、二年级。王升安是二年级的老师，从早上 8 点到下午 3 点，一直都要站在渔船里的讲台上，给学生们讲语文、数学、科学等课程。

王升安说，这艘水泥船有 1 米 8 高，但因为要在船上铺一些旧船板，所以实际高度只有 1 米 6 左右，人在里边根本直不起腰来。每一节课都得低着头讲，时间长了，脖子酸痛不已。正是因为环境太艰苦，这里的老师一个个都选择了离开。王升安也曾有过很多机会离开这里，但最终还是留了下来，并且在这个讲台上一站就是三十多年。

王升安的妻子曹桂英是江苏人，刚来这里的时候水土不服，感觉十分难受。但她被丈夫执着于教育的精神所打动，毅然跟着丈夫当起了水上教师。

看到许多孩子小小年纪却因为家庭困难而辍学在家，曹桂英痛心不已。于是，只要发现有孩子不来学校上课，不管多远，也不管多累，她都要坚持去家访，了解孩子家里的情况，耐心开导家长，让孩子重新返回学校。经过曹桂英的不懈努力，微西小学的学生人数一度达到了二百多人。在全县教学成绩评比中，她教过的班级也一直名列前茅。

每天下午 4 点左右是学校放学的时间，家长们从四面八方划着船，来到船上学校接孩子回家。但对于王升安、曹桂英夫妇，这一天还远没有结束，王升安还要护送没有家长接送的孩子，而曹桂英要打扫卫生、批改作业……

微评　　三十载，风雨无阻守船校；每一天，教书育人不懈怠。王升安、曹桂英夫妇始终坚守着这艘船，守望着船上的孩子，也守住了渔民的希望。

王绪堂:
爱心倾注沂蒙娃

王绪堂,山东省临沂市沂南县岱庄中心小学教师。全国少先队工作、红领巾小社团、普法教育等优秀辅导员;山东省十佳少先队辅导员;临沂市师德标兵、最美乡村教师;沂南县优秀教师。

王绪堂,他用"金点子"点顽石成金玉,化腐朽为神奇。这位普通的山村小学教师的教育理念是石头、树叶也育人,他将爱心倾注沂蒙娃,帮扶贫困生两千五百余人,成为留守娃的"好爸爸"。

王老师所在的岱庄中心小学地处山东孟良崮山区,山多、树多、石头多。有一次王老师参加全国辅导员培训,一个专家说,靠山吃山,靠水吃水,这对他启发很大。回到学校后,他就想到了要是让孩子一起捡石头、采树叶制标本不也很好嘛,这也是育人的一个好方法。于是他就领着孩子们上山捡石头、采树叶制标本。他想充分利用本土资源,深入挖掘这些乡土教材潜在的教育价值。

有一次五年级同学尹传奇发现了一块形状酷似中国版图的石头,同学们把它带回学校,经过王老师的加工,各省市的行政区域都非常明显。大家一致认为应该叫它"中华石",王老师就利用这块石头开展了"祖国在我心中"中队活动，让孩子们知道只有从小心怀祖国，长大才能报效祖国。

还有一次中队活动，刘婷婷捡到了一块像小脚的石头，大家七嘴八舌给它命名。刘婷婷的奶奶裹过脚，她就脱口说出像奶奶的小脚，王老师趁机让同学们探究封建社会歧视、残害妇女的历史，体会到新社会的优越性。

王老师还经常带着同学们上山捡树根，制作了"雄鹰展翅""黄河象"等栩栩如生的根艺作品。王老师通过这些活动让孩子们在探究中发现，在发现中创造，在创造中感悟，在感悟中受教育。

岱庄中心小学有六百多名学生，留守儿童占2/3。为了更好地照顾这些孩子，王老师和同事们把所有的积蓄都拿了出来，垫资盖起了六间学生宿舍、七间标准的学生餐厅，给留守儿童解决了床铺、餐桌、洗澡水、亲情电话等困难。

李圆圆家庭贫困，父母常年在外务工，她和妹妹住在奶奶家。王老师了解到这个情况后，每年都把希望工程救助款送到她家。只要有外出活动，王老师都叫上她。李圆圆由一个不爱说话、自卑的小女孩，长成了一个活泼大方的少女。她奶奶见人就说："俺孙女多亏了王老师啊，他比孩子的亲爹亲妈还好！"

赵雪6岁时爸爸因病去世，妈妈改嫁抛弃了她，她只得跟姑姑、姑父一起生活。王老师对她格外关照，帮她申请了爱德希望工程基金，每年得到资助1300元钱。在学校，她生活上的事几乎由王老师包了，有什么烦心事她都愿意和王老师说，把王老师当爸爸。

从1984年第一次走上讲台至今，王老师已经在农村学校工作了三十一年。用他的创新精神和无私的爱心培育着一届又一届的学生。他把沂蒙精神编进教材、带进课堂，他开展了"孟良崮红土激励我""红嫂精神代代传"等数以千计的主题中队活动，以实际行动，践行着沂蒙精神。

微评

教育家陶行知说过："生活即教育。"王绪堂充分开发和利用乡土教材，引导学生在生活中发现美、欣赏美、创造美。他把全部爱心都倾注在学生身上，用自己的实际行动，一步一个脚印地践行着"爱党爱军、开拓奋进、艰苦创业、无私奉献"的沂蒙精神。

杜广云：
大沟村里的守望者

杜广云，河南省南召县留山镇大沟村小学教师。2007年被评为河南省优秀教师，2008年入选感动中国十大人物，曾获得河南省十大三农人物奖、全国十大人物奉献奖。

1981年，高中毕业的杜广云回到自己的家乡——河南省南召县留山镇大沟村，当上了一名小学教师。1990年夏，他因修葺校舍时意外受伤，导致半身不遂。可为了村里的孩子能有学上，他选择了重回讲台。他用三十多年的从教经历诠释了一名普通山村教师的执着与追求。

"特别是在我生病之后，我感觉到和学生在一起时，心情最愉快。"这是杜广云老师现在常说的一句话。

杜老师所在的大沟村小学地处伏牛山深处，学校有近四十名学生，跨五个年级，而老师却只有他一个。因此他常常上完这节课，又马上给几个大一些的孩子讲高年级数学，然后还要给其他不同年龄段的学生教美术、音乐等课程，十分辛苦。

"1990 年暑假，学校翻修教室，我那天正在工地上帮忙，浑身是汗。突然下了一场暴雨，我淋得全身湿透，一下晕倒了，抢救了一天一夜才醒过来。"杜老师回忆起当年的事情还历历在目。

从昏迷中抢救过来的杜广云发现自己的左半身失去了知觉。由于自己的家离学校太远了，用这样的身体继续到学校上课已经不太可能了。

"当时，我在病床上躺着，孩子们去看我，他们对我说：'老师，您教我们吧。'我非常感动，孩子们没有忘记我，还想让我给他们讲课。"杜老师眼含着泪花说道。

孩子们一次次的挽留让杜老师坚定了重回讲台的决心。而就在此时，他和妻子李正洁做出了一个艰难的决定。

"我跟媳妇说，孩子们需要我，我要去给孩子们教课。她就说：'我背你去学校，我个子大，有力气。'这么背着背着就把我背过来了。"杜老师说起他和妻子的这个决定时，脸上充满了对妻子的感激之情。

从家里到学校要蹚过留山河，翻过一座山，每天走两个来回，每次往返 6 公里。这条路，妻子背着杜广云不知走了多少次，路旁的石头、小树、野草，他俩都能清晰地记得位置。多年来，这对夫妻的身影走来又消失，成为这大山深处的一道风景。

"孩子们需要他，他教得也格外用心。这些年也没少受苦，但孩子们有学上，乡亲们高兴，俺也值了。"杜老师的妻子李正洁朴实的话语中饱含了对丈夫投身教育的鼓励与支持。

2006 年，大沟村小学新盖了校舍。去年，教育局还派来了一位年轻老师，从此改变了这里一人一校的状况。

学校的发展与变化让杜老师更加坚定了教好每一个学生的决心。现在杜老师心里最惦记的就是能早日在这个村小里建起一间电脑教室。

"给学生们建一个微机室，让孩子们都能用上电脑，这是我多年以来一直想办的一件事。"

微评　　为了学生，为了教育事业，杜广云老师不顾身体残疾，三十多年如一日，以顽强的意志和不屈不挠的精神扎根山区，恪尽职守，忘我工作，为教育事业奉献出美好的年华。

刘文婷:
智障娃的音乐筑梦人

刘文婷,河南省洛阳市老城区培智学校校长。2007年被评为河南省师德标兵,2009年被评为河南省优秀教师,2011年被评为洛阳市特级名师,2012年被评为老城区优秀专家,2013年被评为教书育人楷模候选人。

对学生来说,她既是老师也是妈妈。她用爱心点燃了每一个残疾孩子的希望,也照亮了自己的人生道路。她就是洛阳市老城区培智学校特教教师刘文婷。

1990年,17岁的刘文婷从河南省特殊教育学校毕业后,走上洛阳市老城区培智学校的讲台。迎接她的是一群智力低下、目光呆滞的孩子。有的已十八九岁,比刘文婷还大一两岁,但智力顶多相当于八九岁小学生的水平。年龄大点儿的学生不好意思叫她"老师",就喊她"姐姐"。二十余年过去了,当年的同事如今退休的退休、调出的调出,而刘文婷依然坚守在学校。她是这所学校最年轻的老师,但已是在这所学校工作年头最长的人。

这所学校里的学生除了有智力障碍,还有相当一部分学生的家庭状况也很特殊。刘文婷说:"对孩子们来说,我是老师,也是朋友、亲人,要帮助他们重树生活的信心，帮他们掌握一技之长。"她教孩子发音、说话，教孩子握笔、写字，教孩子上下楼梯，教孩子唱歌、跳舞，教孩子洗衣、叠被、系鞋带，为孩子换洗尿湿的衣裤、床单，为孩子修指甲、理发、擦鼻涕。在孩子心目中，刘文婷是老师，也是妈妈。

正常孩子几分钟能弄懂的问题，这些孩子却要花费九牛二虎之力。很多孩子话都说不清，路也走不稳，更别说上音乐、舞蹈课了。上音乐课排节目时，每个音符、每个动作刘文婷都要千百遍地教，难度可想而知。但付出总有回报，1997 年 5 月，刘文婷带六名智障学生代表内地赴香港参加"心连心妙舞星辉迎九七"弱智人士舞蹈大赛，捧回季军奖杯。孩子们欣喜若狂："老师，我还想跳舞。""那一刻，我看到了孩子们真正的快乐。"刘文婷说，那次孩子们的演出绝不是最好的，却绝对是最感人的。因为孩子们证明了：每个人都能有梦，只要努力就有可能实现。

从小就是学校军鼓队成员的刘文婷，2004 年又萌生了组建智障儿童军鼓队的想法。"我害怕孩子们没摸过小鼓会紧张，于是我就拿起鼓到教室，我敲给孩子们听。我发现他们很喜欢，然后就让孩子们拿着试，但他们拿起鼓槌手就抖，紧张。我就想办法，我说把鼓槌先放下，咱们用手来摸摸这个鼓，拍着拍着他们就有点找到感觉了。"刘文婷回忆起当年教孩子们打鼓时的场景说道。

看着孩子们对鼓槌的好奇与喜爱，刘文婷也更坚定了教会他们打鼓的信心。经过两年的刻苦学习与训练，学校第一支全部由智障孩子组成的军鼓队终于成立了。在 2006 年洛阳市举办的六一儿童节晚会上，孩子们第一次站上了舞台。

刘文婷一直坚信："每一个孩子都有梦想，哪怕他们是智障的孩子。"

微评　　她把音乐教给孩子们，让音乐在孩子们近似干涸的身体里流动，让孩子们的人生多一些美妙和灿烂。我们应该向这样的老师，深深地鞠躬致敬！

孙克会:
"拐杖老师"的教育坚守

孙克会，河南省汝阳县王坪乡孤石小学教师。

"地面很硬，孙老师的拐杖每敲一下，就会发出清脆的声响。这是我们学校独一无二的声响，是跳跃的音符，是最动听的旋律。因为，孙老师就在我们身边。"这是一个名叫郭幸月的六年级学生在作文中对孙克会的描写。

孙克会是河南省汝阳县优秀教师、洛阳市优秀教师，在王坪乡孤石小学担任班主任。少年时，孙克会上山砍柴，不慎摔断左腿，因耽误了救治时间，左腿被高位截肢。高中毕业后，他在孤石小学开始了自己的教师生涯。

白天，孙克会要撑着孤拐渡过两条没桥的河，走五六里路到学校给学生上课；晚上，他要批改作业、备课至深夜。有时星期天还要给学生补课。当毕业班班主任那些年，麦收季节正好赶上毕业考试的关键时期，每年都是妻子在家把麦子割倒，他抽空回家帮忙搬运、脱粒。

近四十年里，孙克会日复一日地撑着拐或是摇着三轮车往返于家和学校之间的山路上。由于拐的底部磨损得厉害，他就用轮胎上的橡胶钉在上面。即使这样，橡胶也是两三个月就要更换一次。婚后的二十多年里，给孙克会做右脚的鞋，成了妻子史苗云的一门必修课。因为孙克会身体的重心几乎都在右脚上，走路时右脚非常使劲儿，所以鞋后跟儿没多久就被磨薄了。

一辆一年就得换一次轮胎的手摇三轮车，是汝阳县残联 2000 年赠给孙克会的，有了这辆车，孙克会上下班路上花费的时间大为缩短。即便如此，每天放学回家，面对公路上那段让人犯难的 500 米长的陡坡，孙克会还是得下车，一手撑拐一手推车才能走上去。

王坪乡中心校校长段进军给孙克会算了这样一笔账："一天两个来回，8 公里；一个月按 22 天算，一年按 9 个月算，在 38 年里，孙老师相当于绕地球赤道走了一周半！对于一个身体健全的人来说，这可能算不了啥。可对孙老师来说，这是韧性，是毅力！"

微评 他身残志坚，凭着一根自制的拐杖、一辆简易的三轮车，坚守在山村小学近四十年。他守着山里的孩子，给孩子们知识和关爱，为山里娃铺设了一条希望之路。

顾泽茂:
鱼水情

顾泽茂,华中农业大学水产学院副教授、硕士生导师。湖北省农业领域产学研合作优秀专家、省级农业科技特派员、省高校优秀共产党员,曾被评为学校先进工作者、优秀共产党员、青年教师教学质量一等奖、服务社会主义新农村先进个人、就业工作先进个人。

身为大学教授,他却成天往鱼塘跑;和渔民素不相识,他却随便告诉人家手机号;不是自己带的学生,他却偏要帮助人家把工作找。这个人就是华中农业大学水产学院的副教授——顾泽茂。

顾泽茂老师非常注重培养学生对专业的兴趣,在上"水产动物疾病学"的第一堂课时,他都会展示有趣的鱼病图片并提些问题,例如"鱼也会得癌症吗?"借此激发学生的好奇心和兴趣。

2012年3月,省内一位鳄鱼养殖户因大量鳄鱼陆续死亡而向顾泽茂老师紧急求助。为提高学生的操作能力,他将死亡的鳄鱼带进专业实验课教室,当堂对鳄鱼进行解剖，学生惊愕的同时又异常兴奋。他的课堂，总是趣味横生，他所带的学生甚至直呼他为"老顾"。

顾泽茂老师热爱自己的专业，长期"泡在"鱼塘。他坚信，鱼塘才是真正出研究成果的地方。不单是病原问题，养殖技术、营养饲料投放都要搞明白，才能把鱼病研究透，只有往一线鱼塘跑，才能有好的研究成果产生。他对学生的要求是，既要能"泡"在实验室，更要"泡"在鱼塘。

2008 年，顾泽茂应邀到洪湖大同湖鱼场治疗鱼病，发现鲫鱼粘孢子虫病的危害性比过去增大了不少。经过近一年的努力，他和自己的研究生柳阳一起找出了这种粘孢子虫病防治上的误区，连续在国际核心期刊《寄生虫研究》上发表了两篇论文。

从 2009 年到现在，顾泽茂已经深入基层一百五十多次，举办讲座一百多场，接诊病例四百余例。每次下基层，他必定带上"三件宝"——笔记本电脑、相机、手术包。手术器械是解剖病鱼用的；电脑可以随时调出对应的图片等资料，给出治疗方案；相机可以把现场情况记录下来，作为科研和课堂教学的内容。

顾泽茂老师不仅专注于教学科研，出身农家的他对农民也有着深厚的感情。最让渔民们感动的是，他下基层看鱼病，不仅分文不取，而且连渔民请他去餐馆吃顿饭都不肯去，最多是在渔民家简单对付一顿。凡是渔民们的咨询、求诊、鱼病防治讲座等，一概免费。每次讲座结束，他总会公布自己的手机号以便渔民随时咨询。

顾泽茂常说，渔民和学生的事就是他的事，没有什么分内、分外之分，因为有他们的存在，才有教师的存在。

微评　　基层的生活是最好的教材，实际的操作才能加深学生的印象，知识是在实践中诞生的。顾泽茂老师鱼塘边授课，不仅从学术上给予学生指导，更注重培养学生对社会的责任感。

杨小玲:
用爱化无声为有声

杨小玲,湖北省武汉市第一聋校教师。曾获全国爱心奖、全国特教园丁奖、湖北省五一劳动奖章,被评为中国好人、武汉市十大杰出青年、武汉市师德建设十佳教师等。

从教二十余年间,杨小玲创造了一个又一个奇迹。在她的引领下,八名学生登上了中国残疾人艺术团璀璨耀眼的舞台,很多残疾孩子圆了大学梦,步入社会正常就业。

1990年,杨小玲来到了武汉市第一聋校。透过窗户,她看到一群孩子正在教室里跳傣族舞。就是这段无声的舞蹈,让18岁的她跟聋哑孩子结下了不解之缘。拿到毕业分配志愿表后,她只郑重地填写了一个志愿——武汉市第一聋校。

上班后,不懂手语的杨小玲完全不知道该如何跟学生们交流。刚开始的时候,给学生排练舞蹈,杨小玲不知道怎么讲解节奏和动作要领,更别说怎样来表达音乐的内涵了,只好一次又一次地给学生们做示范。为了尽快学会与孩子们交流,杨小玲除了背"手语书",还以学生为师,主动向他们请教。慢慢地,孩子们都喜欢上了杨小玲这个勤奋的"学生"。就这样,杨小玲一步步地走进了

"无声世界"，成了"手语活字典"。

在学校舞蹈室外，一名男生经常躲在窗外偷学。杨小玲走出教室，用微笑迎向他怯怯的目光。"老师，我想学跳舞。"杨小玲收下了这个名叫王志刚的孩子。他成了队里最刻苦的队员，每次排练下来，身上都青一块紫一块的，却从不叫苦。过了一年多，杨小玲为他选定了独舞《好汉歌》，参加全省残疾学生文艺比赛。当时，杨小玲已怀有身孕，但不管多晚、多累，她都会出现在训练场上，打节奏、讲要领。最终，凭借着这支舞，王志刚赢得了人生中的第一个大奖——全省残疾学生文艺比赛一等奖。2001 年，王志刚冲击全国比赛。产假还没休完的杨小玲又回到舞蹈室，与王志刚排练打磨，终于使舞蹈《秦俑魂》在全国残疾人艺术比赛上大获成功。

李青平，是一位充满灵气、很有舞蹈天赋的女生，但性格孤僻。一次训练中，她不认真的态度让杨小玲很生气，便非常严厉地批评了她。她扭头就走，杨小玲一把抓住她。李青平狠狠地瞪了杨小玲一眼，便冲出了排练厅。杨小玲悄悄向她的班主任和同学打听，原来李青平每月只有 200 元生活费，早餐经常只吃一个馒头。对于大强度的舞蹈训练，她的体力肯定跟不上。杨小玲深深地为自己的莽撞感到自责，于是主动找到李青平，真诚地向她道歉，并请她继续学习舞蹈。在以后的日子里，杨小玲经常从家里带好吃的给她补充营养。训练结束，杨小玲总会摸摸她的头，给她一个微笑……渐渐地，李青平在舞蹈室里变得快乐起来，也乐于和同学们交往了。高三毕业，李青平以优异的成绩考入了天津理工大学。

"在学生身上，我学到了坚强、包容和担当。"杨小玲说，"每个生命都有梦想，我帮他们圆梦，他们会用自己的行动，点亮更多孩子的梦。"

微评　　从青春到不惑，她把自己最美好的年华奉献给了一群特殊的学生。回望来路，她最大的骄傲，是没有辜负聋孩子用尽全力叫出的那一声含糊却动人的"妈妈"。

方翠英：
寻梦之路

方翠英，湖南岳阳一中语文教师。全国优秀教师，全国五一劳动奖章获得者，2007 年湖南教育十大新闻人物。

"我在你的'寻梦园'足足看了两天，浏览了网站的每一个栏目，一直被感动着，不，应该说是被震撼了！"——这是一位网友在"寻梦园"网站上的留言。

"寻梦园"的创业者，是湖南岳阳一中的语文老师方翠英。2004 年，她萌生了创办班级网站的念头，起初就是想建立一块园地给学生发表文章，给他们提供一个展示才华的平台，鼓励他们学习写作。万事开头难，不懂开设网站的技术，她就刻苦自学；没有网络空间和域名，她就筹集资金购买。为了给网站起个好听的名字，她想起了诗人徐志摩的名句："寻梦？撑一支长篙，向青草更青处漫溯。"就这样，名叫"寻梦园"的班级网站诞生了。当她宣布这一消息时，班上沸腾了，学生们写稿、投稿的热情空前高涨。一位学生在留言中写道："真不可思议，全世界好几亿的网站中，居然也有了属于我们自己的一个。"

有个叫万能的学生，因沉迷网游，学习成绩直线下降，他的爸爸非常着急。

自从有了"寻梦园"，方翠英便主动邀请万能参与网页建设，万能一下子就被这个网站吸引了。他说这个网站资源非常丰富，里面有漂亮的多媒体课件，学习就像玩游戏一样。万能不再沉迷网游，而对学习软件技术产生了浓厚兴趣。现在万能在深圳一家网络公司做编程工作，"寻梦园"网站就是他梦开始的地方。

"寻梦园"网站取得了初步的成功，也进一步激发了方翠英的兴趣。她不断扩展升级它的功能，丰富它的内容，美化它的界面，为此，她自费更新了三次电脑，投资数万元。

从班级刊物《寻梦集》的发表，到学生论坛的创建，再到网络课程的开发，如今的"寻梦园"早已跳出一个班级网站的范畴，它像一个鲜花盛开的百花园，热情接纳四方来客，访问量已达 600 万人次，赢得了同行和社会的广泛赞誉。一位网友在留言中写道："梦江南老师（方翠英网名），您的网站一下子就吸引了我。从中我看到了您满腔的热忱、备课的精心和不尽的巧思。作为一名同样有着热忱却无从下手的新教师来说，我深刻体会到这对我的帮助有多大。"

随着眼界的扩大，方翠英敏锐地意识到信息技术对 21 世纪的教育的巨大影响。2008 年，她调到岳阳一中任教，主持开发"中小学校园综合管理系统"，将网页由静态升级成动态，将网站由小型数据库升级成大型数据库。

如今，这个功能强大、方便实用的系统已经具备推广价值，它不仅大幅提高了学校统计管理工作的效率，而且能实现老师、学生、家长之间多层次、全方位的互动。方翠英说："我没有做出惊天动地的大事，我只是奉献了我的热情，奉献了我的时间，奉献了我的精力，奉献了我的爱心，把这些毫无保留地给了我的学生。"

微评

　　方翠英，一位不懂任何计算机网络技术的普通中学语文教师，却走出了一条常人不敢想象的路。她以执着而忘我的精神创办的"寻梦园"网站如今已成为学生们课外学习的乐园、老师们教学的好帮手。她以自己的寻梦之旅无形当中为学生树立了一个榜样。

汤光览：
独趾撑起一所学校

汤光览，湖南省湘潭县石鼓镇将军学校校长。湖南教育十大新闻人物，湘潭市感动莲城模范教师。

汤光览，湖南湘潭县石鼓镇将军学校校长。他25岁时被确诊患有双下肢脉管炎，脚趾因腐烂被锯掉九个。这种病的病因至今尚不清楚，它的发展也很难控制，只要一发作，他一次就要吃八粒止痛片。

临近退休，并且身为校长的汤光览，每周还有12节数学课，他仍然坚持站着上课。其实，汤光览最多只能坚持站立10分钟，为了能上完45分钟一节的课，他经常把手撑在讲台上，以减轻脚上的痛苦。他说："老师应该做学生的表率，我要坚持做到这一点。"几十年来，仅剩一个脚趾的汤光览从来没有因为病痛而耽误过一节课。

身为校长，汤光览最操心的问题就是改善学校的办学条件。1995年，他靠着这最后一个脚趾，多方奔走，筹集资金，为学校先后建起一座教学大楼和一座办公综合楼，将一个全镇办学条件最差的小学，建设成全镇办学条件最好的联村完小。湖南湘潭县石鼓镇中心学校校长赵铁钢说："没有汤校长，就没有今天的将军学校。"石鼓镇将军学校教师陈可明说："1995 年，汤校长为了给学校盖楼四处奔波，脚都磨出了血，我们全体师生都非常感动。"教师朱起贵说："汤校长在学校工地工作了一百八十多个日日夜夜，累了的时候，就在学校工地稍微休息一会儿，饿了的时候，就吃点方便面什么的，结果导致病情恶化了。"

汤光览家里放着一辆汽油摩托车，这是汤光览最初患病时的"坐骑"。近年来因为病情不断加重，他的脚已经踩不动它的发动杆儿了。一心扑在工作上的汤光览把全部家庭重担都抛给了妻子。妻子不但要照顾他，还要承担全部的家务和农活，原来 120 斤的妻子如今瘦到只剩 80 斤。汤光览说："我感到非常愧疚，家里无论大小事情，特别是两个小孩的抚养，都是我老婆一人支撑的。"

汤光览退休前还在为三件事不停地忙碌，他说这是他的心愿。

他的第一个愿望是在学校北墙外建一个有两百米跑道的操场，结束学校没有标准操场的历史。为了降低征地成本，他不辞劳苦，亲自到农户家做动员工作。经过一番交谈，德高望重的汤光览赢得了村民汤孝沅的支持。汤孝沅动情地说："汤校长的身体不好，他的脚走路不方便，却为我们山村孩子的教育每天到处奔波，我一定支持他的工作。"

汤光览的第二个愿望是把学校门前不远处的池塘的护栏建好，以保证学生上学、放学的安全。学校教导主任张星说："去年我们汤校长参加了电视台的春节联欢晚会，在现场他努力呼吁，募得了一笔钱，把半边栏杆修好了，他快要退休了，可他还想着要把另外的这半边护栏也修好。"

汤光览的第三个愿望是希望找到名医把自己的脚病治好，一辈子没有穿过皮鞋的他也想试试穿皮鞋的滋味。他说："我心里这么想，人生在世怎么能一双皮鞋都没有穿过？"

微评

　　只要意志坚定，任何艰难困苦都能克服。汤光览用独趾撑起一所学校，在教书育人的道路上，他的每一步都走得那么坚定。

唐起亨：

守护山村孩子的希望

> 唐起亨，湖南衡阳塔山瑶族乡西江小学语文兼数学教师。三十余年扎根深山，为少数民族地区的小学教育呕心沥血，被瑶族同胞们称为"大山赤子、瑶乡红烛"。

湖南衡阳塔山瑶族乡是名副其实的贫困乡，外出打工是当地村民的主要经济来源，因此这里的"留守学生"特别多。乡里西江小学老师唐起亨，特别心疼这些孩子。

"这些孩子平时都很想他们的爸爸妈妈，很想依偎在爸爸妈妈的身边，这是他们最大的心理需求。"7岁时失去父亲的唐起亨特别能体会留守学生内心的孤独甚至埋怨。于是，除了在生活上关心、帮助这些学生，他还想方设法让他们和父母多联系，消除隔阂，增进感情。

每周一、三、五的第六节课，是唐起亨安排学生和父母通电话的固定时间。收入微薄的唐起亨每月为此要多掏几百元的手机话费。

学生罗健说自己已经有两个多月没见到爸爸妈妈了，有时候电话也打不通，觉得很不开心。当唐起亨用手机帮罗健拨通了他爸爸的电话后，罗健跟爸爸汇报了自己期中考试的成绩。爸爸问罗健在家里乖不乖，罗健说乖。爸爸告诉罗健，有空会带他出来玩儿，这时候，罗健再也忍不住自己的泪水。爸爸问："你怎么哭了呢？"罗健哽咽着说："想你。"就这样，唐起亨让孩子们更多地感受到来自远方的亲情。

如果有哪个学生特别想见爸妈，唐起亨还会骑着摩托车，带着学生跑上十几里山路，到唯一有互联网信号的乡政府开通视频聊天，让学生能在网上看到他们的爸爸妈妈。为了让家长能及时了解孩子各方面的情况，唐起亨每周都给家长发一条短信。

留守学生缺少父母相伴，对他们的安全问题唐起亨更是格外操心。他所在的学校建在半山坡上，门口就是西江河。学生上下学都要经过拦河大坝。为了孩子们的安全，他每天早上六点半就蹲守在大坝上，带领学生过河。

唐起亨说，这里夏天经常下大雨，发大水，大坝这里很危险，特别是有些时候水会漫过大坝，学生们从这里过，他特别不放心，所以他每天早晨都要来接学生到学校去。冬天的时候，大坝上结冰，有个斜坡，有时候冰层有 10 ~ 20 厘米厚，他就得用锄头挖一个脚印走一步，把学生接过来。下午放学的时候，再从这里沿着脚印把学生送过去。

遇到山洪暴发和雨雪天气，唐起亨常常要一个一个地背着学生来往大坝。人们惊叹：一个身患胃病、体重仅剩 90 斤的半百老人，是什么力量在支撑着他？他的一首散文诗《雨》披露了心声："我曾经独自在雨中漫步，倾听雨的声音，思索雨的价值。我喜欢细雨的缠绵，我愿化作一滴雨，滋润孩子们的心田。"

数十年如一日，唐起亨就是这样守护着学生们的安全，守护着他们的心灵，守护着他们的希望！

唐起亨老师先后在九个瑶寨教学点、三所村小任教，踏遍了瑶乡每一寸土地。他守护着学生的希望、大山的希望、民族的希望。

吴永良：
杏坛铸师魂，轮椅写春秋

吴永良，湖南省衡阳县大安乡上乔小学教师。被教育部、人事部授予"全国教育系统劳动模范"称号，被中共湖南省委授予"优秀党员"称号。

湖南省衡阳县大安乡上乔小学的吴永良老师，摇着轮椅，在教育的百花园辛勤耕耘了二十余年，把自己全部的心血和爱都倾注在了学生们的身上，倾注在了他所热爱的教学工作中。

1970年，吴永良以全县第一名的成绩通过了民办教师招聘考试，当上了一名小学老师。为了做到"要给学生一碗水，自己得有一桶水"，他靠苦读来提高自己的教学能力。四十多年来，在县乡各级检测和竞赛中，他任教的班级总是名列前茅。衡阳县教研室在全县推介吴永良的教学方法时说："对教师而言，这是最管用的阅读，也是最有效的教研！"

1974年5月的一天，吴老师上课时忽然觉得腰椎酸软，四肢无力，之后多次出现这种情况，并且一次比一次严重。同事们一再劝他抓紧去看医生，但他不愿因此耽误工作。9月3日，听说班上一个叫文军的学生因家庭贫困打算辍学，吴老师匆忙赶往距学校八里多的学生家。路上，他的病又犯了，滚到了坡下的水沟里，鲜血从额头上、鼻子里流了下来。他爬起来，艰难地挪动双脚来到文军的家。望着一身泥水和血迹的吴老师，文军的家长，拉着他的手说："吴老师，我对不住您啊！您放心，明天我就是砸锅卖铁也要送孩子去上学！"

在家人的反复催促下，吴永良利用周末时间去做了体检，被诊断为进行性肌肉营养不良。"这种病目前无药可治。不出十年，必定瘫痪。"医生的话仿佛晴天霹雳。面对如此沉重的打击，一连几个晚上，吴永良彻夜未眠，脑海中闪过的第一个念头便是一死了之。可是，一想到孩子们那一双双渴求知识的眼睛，吴永良便觉得自己的这个念头太自私了。于是，吴永良又回到了孩子们当中，继续他的粉笔生涯。

1989年10月16日，吴永良上完当天的课，拖着沉重的步子，疲惫不堪地回到自己的房间，想躺下来休息一下。这时，他想到再过两天区里的小六语数联赛就要举行了，全乡选送的八个参赛选手中有四个在自己班上。于是，他打消了歇一歇的念头，颤巍巍地又回到了教室讲课。讲着讲着，吴永良突然觉得下肢酸软，怎么也支撑不住，身子一下子瘫倒下去。

从这一天开始，吴永良再也站不起来了。医生当初的断言变成了残酷的现实。当学校领导和同事劝他办理病退时，吴永良动情地说："虽然我站不起来了，但我还有健康的大脑，我的嘴还能讲，手还能写，就是坐轮椅，我也要坚持工作！"

从此，吴永良走上了一边求医、一边工作的艰难道路。为了不耽搁教学，他把输液瓶吊在黑板上，把药剂放进保温杯带进课堂。同事们说："吴老师为了工作简直是在玩命！"他却说："学生是耽误不得的。耽误了一节课，就是耽误几十个学生的青春年华啊。"

　　　三尺讲台演绎万千气象，一支粉笔描绘亮丽人生。吴永良正是这样一位甘于清贫、乐于奉献的老师。他摇着轮椅，坐上讲台。他的人生在轮椅上蜕变，他的精神在轮椅上升华。

曾玉华：
九万公里支农路

曾玉华，湖南省娄底职业技术学院农林工程系园林技术专业教研室主任。娄底市"十佳师德标兵"，娄底市创先争优优秀共产党员，娄底职业技术学院教学管理"十佳标兵"。

　　湖南省娄底市有一位拥有 28 亩山地葡萄园的农民，名叫成冬谱，他经营的这片葡萄园每年能收入二十多万元。可是在山地能把葡萄种活，却是他原来想都不敢想的事儿。把这件不可能的事变成现实的就是曾玉华——湖南娄底职业技术学院农林工程系园林技术专业教研室主任。

　　曾玉华说："成冬谱一开始是不相信的，我就给他优选了三个适应性最强的品种。"可是成冬谱仍然十分担心，为了打消他的疑虑，曾玉华干脆来了一个"连送带卖"。他把葡萄秧苗从外面买回来，大部分免费送给成冬谱。于是成冬谱从 2007 年开始在曾玉华的指导下试种山地葡萄。

　　为了保证葡萄能种活，曾玉华经常到地里查看。曾玉华下定决心，一定要把这个试点扶起来，因为南方有广大的山地，这个项目如果成功，非常有推广价值。功夫不负有心人，一年种植，两年收获，成冬谱的心里别提多美了，曾玉华也十分欣慰。

如今，依靠种葡萄，成冬谱已经盖起了四层楼房。他激动地说："全家安居乐业，生活日子过得红红火火，万分感谢曾老师对我们农民的支持。"吃水不忘挖井人，成冬谱总是惦记着要报答曾玉华，但曾玉华都一次次地婉言谢绝了。

情系"三农"的曾玉华把帮助农民看作自己的本分。学校的农林实训基地不仅面向学生，也面向广大农民，曾玉华经常邀请农民来了解、学习最新的果树栽培技术。娄底的中阳村是曾玉华的校外培训点之一，经过他培训的劳动力已经有200人在观光农场就业。中国特色植物网是曾玉华自费创办的服务"三农"的网站，里面已经累积了四万篇文章。曾玉华的手机也成了为农民答疑解惑的热线，他还把种植注意事项编成固定条目，随时用短信发送给有需要的农民。

十五年下乡支农路，曾玉华骑烂了四部单车、两辆摩托，行程超过九万公里，自掏油费二万多元。娄底职业技术学院党委副书记欧友佳说："曾玉华老师为农民服务，没有节假日，没有双休日，就像个真的农民一样。"他的同事康和英说："曾老师作为我们专业的带头人和教学骨干，平时承担的教学与管理工作量已经非常大了，但是他还经常挤时间下乡去技术支农，非常不容易。"

一次曾玉华骑着摩托车下乡，因道路泥泞而摔倒受伤，导致左眼晶状体浑浊，留下了终身后遗症，但是他依然无怨无悔。他说："让文化水平不高的农民，能够掌握先进的种植技术，获得比较好的效益，我觉得这是作为一个专业教师、一个农业科技推广教师最大的成就。"

微评

　　十五年下乡支农路，行程九万公里，曾玉华老师坚持帮助农民提高果树种植技术，累计创造经济效益5000万元以上，而自己却不图任何回报。他以自己的实际行动为其他老师和学生树立了爱农、支农的榜样，他以自己的满腔热情诠释了人民教师的定义。

富明慧：
用心灵的光明照亮世界

富明慧，中山大学工学院应用力学与工程系教授，博士生导师。2007 年感动中国十大教授，2009 年全国自强模范，2011 年度全国教书育人楷模候选人，2011 年全国教育系统职业道德建设标兵，2012 年度获广东省科学技术奖三等奖。

　　在中山大学的校园里，人们常常会看到这样一位教授，他上课与别人不同，总是由一只叫万福的金毛犬陪着去上课。他就是中山大学工学院应用力学与工程系教授富明慧。

　　富明慧从小就患有"视网膜色素变性"这种遗传性眼病，上大学的时候视力开始缺损，但他克服了生活的艰苦及视力的障碍，赴莫斯科大学取得博士学位并回国任教。现在富教授每个学年的上学期为本科生讲授常微分方程课，下学期给研究生讲授高等固体力学。

　　富明慧虽然是盲人，但在他的课堂上，你会惊讶地发现，他一直坚持为学生们板书推导公式。而说到为什么要坚持板书，富教授解释说，PPT 是静态的，不像板书是动态的。在板书的过程中，学生思路是一个行进的过程，会跟着老师的思路走，所以 PPT 没有板书的效果好。

可是眼睛看不见的富明慧如何板书呢？原来秘诀就是用两块磁铁在黑板上定位，一块用来确定高度，如果讲课中间需要停下来给学生做讲解，或者补充一些内容的时候，就把第二块磁铁放到结束的地方，转过身来给学生讲，等讲完需要继续写时，就摸到第二块磁铁，在这块磁铁的位置继续向后写。

富明慧的博士生陆克浪说，本科第一节课时很多同学都觉得富老师写字怎么这么差，当时大家都不知道他是盲人，后来知道了就很感动，都会来上课，富教授的课几乎节节爆满。

在快失明的时候，富明慧也很纠结要不要继续授课，是学生们的喜爱和肯定让他一直坚持站在三尺讲台上，用知识照亮黑暗中的路。他说，失明之后，反而觉得好像过了一扇门一样，以前的那些痛苦烦恼好像都没有了，因为他找到了适合自己的工作方式。

以前富明慧做老师是因为这个职业比较适合自己的身体状况，但现在他不这么认为，"通过我们的言传身教，可以影响着一批又一批学生"，他觉得教师是一个非常神圣的职业。

微评

　　物理是一门需要精确计算和推导的复杂学科。富明慧，一位盲人教授，不仅用自己高超的记忆力、精准的推导能力、缜密的板书感动着他的学生，更用自己自强不息的精神为学生们照亮前方的路。也许他的世界一片漆黑，但他却带给学生知识的光芒。

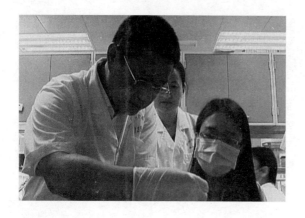

廖明：
躬行践履谱师歌

廖明，华南农业大学副校长、教授、博士生导师。荣获广东省师德先进个人、广东省五四青年奖章、中国农学会青年科技奖、中国畜牧兽医学会"感动中国畜牧兽医科技创新青年才俊奖"等荣誉，被遴选为全国农业科研杰出人才、新世纪百千万人才工程国家级人选、教育部新世纪优秀人才。

从事教育工作近三十个春秋，他严于律己，言传身教，在教书育人的平凡岗位上以高尚的道德情操、高度的育人责任感、一丝不苟的教学态度，孜孜不倦地践行着师者的职责；在学术科研中恪职尽责，勇于创新，开辟了学科建设的一片新天地。他就是华南农业大学的廖明。

1987 年，顺利考入华南农业大学的廖明，选择了当时社会上并不看好的兽医专业，并从此开始了长达十年执着的求学历程。顺利取得博士学位后，他又毅然决定留校，成为一名高校教师。

他备课认真，总是根据科研的最新进展和实际生产情况修改教学内容；他授课灵活有序、深入浅出、细致耐心，主讲的《禽病学》深受同学们的喜爱，很多已经毕业的学生经常借道过来听课。因为他们知道，这是了解最新病例分析和当前最可靠的诊疗方案的机会。

廖明对每位学生的研究方案和毕业论文都会一丝不苟地反复批改，一篇文献综述，他有时要改上四五遍。刚接触他的学生都非常敬畏他严谨的治学态度，但经过多次训练后，他们恍然大悟，原来这种精细的要求是他们日后的研究工作所不可或缺的。

2004年，廖明由于通宵达旦地投入抗禽流感工作中，最终病倒在工作岗位上。此时正是研究生撰写毕业论文的关键时期，为了不耽误研究生论文答辩和保证论文质量，他坚持坐在医院的走廊里，边打吊针边修改研究生的毕业论文。

虽然廖明身为学校副校长、教授、博士生导师，但在同学们的心中，他不仅仅是一位勤勤恳恳、兢兢业业的校领导、老师，更是一个对学生关怀备至的兄长和知心朋友。他真心关爱每一个需要帮助的学生。他会出现在同学们邀请他参加的毕业典礼上，和同学们合影留念；他会出现在毕业送旧足球友谊赛上，驰骋赛场，和同学们打成一片；他会认真回复每一个同学的邮件，很多同学都有在凌晨两三点收到他回复的邮件的经历；他会利用节假日，带领同学们到农庄开展摘草莓、钓鱼、打羽毛球等休闲娱乐活动，放松身心，促进交流。

微评 师德为先，默默奉献，他赢得了师生的满心称赞和一致好评；勇于担当，奉献社会，他赢得了业内的信任和尊重。他用行动实践了自己心灵深处对教育事业的那份热爱和忠诚，那份执着和追求。他以美好的师德，谱写了一曲奉献者的颂歌。

黄春燕：
三尺讲台洒热血

黄春燕，海南省白沙县第一小学教师。全国模范教师，全国中小学优秀德育工作者，全国教育系统巾帼建功标兵。

1992 年，黄春燕从海南省琼台师范学校毕业后，被分配到白沙县第一小学任语文老师。从此，三尺讲台成了她生命的舞台。

为了能够在教学中做到因材施教，黄春燕想尽办法去了解每一个学生。课间，她主动和学生攀谈，和学生一起做游戏；课后，她顶烈日、冒风雨去做家访。

黎族男孩王明超的家在乡下，刚来学校时，他不会洗衣服，不会叠被子，生活自理能力十分欠缺，学习基础也比较薄弱，自卑感强。针对这一情况，黄春燕在生活上处处关心他，经常在课后辅导他做功课。慢慢地，王明超的学习有了明显的进步，在课堂上还能大胆地抢答老师提的问题了。王明超说："爸爸妈妈不在身边，我刚来到学校时很不习惯，很想家。黄老师在生活上、学习上都很关心我。慢慢地，生活上我能自理了，学习也有了很大的进步。"

学校远离省会海口，教学条件差。为扭转这个局面，黄春燕认真学习课程标准，潜心钻研教材，并利用农远工程这个大平台，认真学习教育教学理论。为了激发学生的写作兴趣、提高学生的写作水平，黄春燕开通了班级博客，为学生们提供了一个展示与交流的平台。"老师给我们班建了一个博客，同学们可以在那里互相交流学习上的问题。学习上遇到不懂的地方，我就给老师发邮件或上QQ留言，老师很快就会给我答复。"白沙县第一小学学生李桂玲这样说道。

在县、学校举办的作文竞赛中，黄春燕的学生曾多次获得好成绩，受到了家长的好评。家长们表示，黄春燕的工作做得非常好，把孩子交给她很放心，孩子学习进步很快。

看着黄春燕一天天成长起来的白沙县第一小学副校长陈东涟感慨地说："由于我们学校地处国家贫困县，稍有门路的老师都会想尽办法离开这里。黄春燕却无怨无悔地扎根在这里，一干就是十八年。"

对黄春燕来说，虽然这里的物质生活相对大城市而言要单调、清贫得多，但是能跟白沙的孩子们在一起，很幸福。

微评

她秉持着"学高为师，德高为范"的信条，扎根在苗乡黎寨，坚守在这块贫瘠的土地上，孺子牛般地辛勤耕耘。

潘成秋:

玉壶存冰心，师情洒山区

> 潘成秋，海南省五指山中学教师。海南省十佳班主任，海南十佳师德标兵，五指山市优秀教师，五指山市优秀班主任。

1983 年 7 月毕业于绍兴师范专科学校的潘成秋，被分配在浙江省绍兴城关中学任教。1989 年 3 月，她和丈夫张国强偶然得知海南省五指山地区教师紧缺，希望有优秀的教师去支教，便毅然决定放弃原有的工作，千里迢迢赶赴五指山，主动请求到少数民族聚居的乡镇去任教。

作为代课教师，他俩被安排到了五指山市最边远、最偏僻、最贫困的乡镇——水满乡，在水满中学任教。一间简易的平房就是他俩的新家。看到那简陋的房子，潘成秋感觉很心酸，但当看到孩子们那一张张纯朴的笑脸时，她决定留下来。

水满中学是一所初级中学，在校生不足三百人，都是黎族、苗族学生，全校现有的教师几乎都是中师学历，于是校长就把重担放到了他们两人的身上。

潘成秋刚当上班主任时，遇到的第一个棘手的问题就是语言障碍。学生们平时都是讲黎族话或是苗族话，很少说普通话。他们对潘成秋更是敬而远之，不想和她交流。针对这种情况，潘成秋有意识地去接近学生，跟他们谈心，讲家乡有趣的故事。渐渐地，他们不再疏远潘成秋，潘成秋的班主任工作也因此迈出了可喜的一步。

原水满中学93级的初中毕业生、现在已经是水满中心校教师的吉燕飞说："潘老师不仅在学习上很关心我们，在生活上也非常关心我们。我们班有几个同学，家里生活非常困难，没有钱交学费，潘老师就拿自己的钱资助他们念完初中。"

1994年，潘成秋和丈夫被调到红山中学任教，这一干就是八年。刚到学校时，她就给自己制订了一个两年的班主任工作计划，并主动提出担任初二年级的班主任，目的是让这些学生能够在中考中取得好成绩。

红山中学96级初中毕业生、现在是红山中心校老师的谭毅海说："我们上初一时都不喜欢学英语，但经过潘老师的耐心教导，我们的英语成绩有了很大进步。中考时，我们班的23个同学中，有7个考上了师范学校。现在，我也回到了母校，成了一名人民教师。"

2002年9月，潘成秋被调到五指山市第一中学任教。2005年，多年来与她同甘共苦的丈夫和父亲先后因病去世，这让潘成秋几乎崩溃。家人在接她回老家料理完后事后，都希望她能留在家乡工作，但潘成秋却做出了一个让人意外的决定——回五指山，因为在五指山有她难以割舍的学生和事业。一个月后，潘成秋重新站在了五指山中学的讲台上。

五指山中学的副校长洪定诗回想起当时的情形，至今仍感慨万千："潘成秋的家庭遭受到最大的不幸以后，她还是及时调整了心态，把整个身心都投入到山区的教育事业中。在潘成秋看来，在她最困难的时刻，是她的学生给了她精神上的帮助。正是这份难以割舍的情缘，让她无法离开五指山。"

微评　　在五指山地区默默耕耘了二十余个年头，其间经历了失去父亲和丈夫的巨大痛苦，但她却丝毫不曾动摇，更不曾放弃这份事业，因为她对那片土地爱得深沉，更对那些可爱的孩子爱得真挚。

刘汉威：
95 级台阶上的精神

刘汉威，四川省宣汉县双河中学高级教师。先后获"全国残疾人自学成才奖""四川省新长征突击手""四川省自强先进个人""四川省情牵教育先进个人""四川省第四届乡村教师怡和烛光奖""达州市情系教育模范教师""全国模范教师""全国中小学德育先进工作者"等光荣称号和奖励，并多次出席县、市、省和全国残疾人代表大会，被世人称为"大巴山的师魂"。

刘汉威，四川省宣汉县双河中学高级教师。因患小儿麻痹，他的双腿失去了行走能力。因为身体原因，初中毕业辍学在家的刘汉威先后从事过缝纫、修配、雕刻等职业。但在做手艺的同时，他坚持自学，通过了高等教育自学考试，获得了英语专业大学专科毕业证书。1984 年，他参加了四川省外语人才普查考试，取得了全县第一名的好成绩。

"当一个手艺人不是我所追求的，我还是想当老师。"这是刘汉威一直以来的信念，也正是凭借着对这份信念的执着与坚守，他实现了自己的教师梦。

从他家到教室一共要走 95 级台阶，这成为刘老师近三十年的攀登之路。每天，校园里都会响起拐杖敲击台阶的艰难响声，单调而又透着坚强。

"上台阶特别费力，下台阶就得特别小心。下台阶的时候根本就不敢看别处，眼睛一直得盯住石梯。"刘老师拄着双拐艰难地下着台阶。

虽然刘老师已经非常小心，2007 年 4 月的一天，这 95 级台阶上还是发生了一次意外。刘汉威在回家的途中，因为下雨路滑而不慎摔倒，导致右腿髌骨破裂和韧带扭伤。医生让他至少休息半年，可是当时刘老师正带着高三年级三个班的英语课，他心里很着急。

学生们来看他，有位同学哭着说："刘老师，您坐在教室里不讲课都好，只要有您在我们身边，我们就觉得踏实。"病中的刘汉威再也躺不住了，忍着腿疼，不顾妻子的劝阻，由学生背着，坚持回到了学校。那一段时间，双河中学总有那么一道动人的风景线，刘汉威的身影感动着自己的学生，他以身作则，向学生们传授着什么叫坚强和责任。

如今，刘汉威最大的愿望就是希望自己的腿能够让他在讲台上站得久一点，再久一点，好在这个讲台上继续讲下去。"虽然我的腿残疾了，我的血压高，我的脊椎有问题，但是借助双拐我还能站起来，我的血液还在流动。我要延续我的梦想，继续站在讲台上，教导我可爱的学生们！"平淡的话语背后，蕴含的是刘汉威对教育事业至死不渝的忠诚；小小的三尺讲台，承载着他儿时的梦想，承载着他给予学生的关怀，也承载着他对未来的期待。

微评

在刘老师的人生道路上，他用坚持和执着改变了自己的命运，温暖了他人。三十余年来，他培养的近千名农村孩子考上了大学，走出了大山。他用坚强的毅力和顽强的精神征服了 95 级台阶，战胜了人生路上一个个常人难以想象的困难。

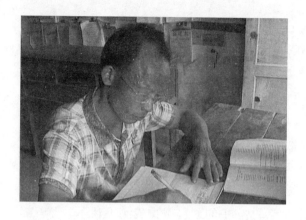

张天红：
一枝一叶育桃李

张天红：四川省广安市武胜县华封六村天红
小学教师。

张天红是四川省广安市武胜县华封乡人，从小学习成绩就非常优异，但由于家境贫寒，高中未毕业就不得不放弃上大学的念头，成了一所中学的初中代课教师。1996 年，当了八年代课教师的张天红回到了农村老家，开办了天红小学。

因为有过因家庭贫寒而使求学之路没办法走下去的经历，所以张天红希望自己所教的学生不要再因为家庭贫寒，更不要因为路途遥远而错失了求学的机会。

近二十年来，张天红始终怀着最初的想法，默默地在三尺讲台上耕耘着，几乎把自己所有的精力都花在了办学上。在这个过程中，张天红遇到了不少问题，生源减少是其中的一大问题。随着计划生育政策的推行，以及外出打工人员的增多，生源越来越少，而这是张天红力不能及的。除了生源逐年减少，经费困难则是张天红面临的又一大困境。天红小学的发展可谓举步维艰。

　　天红小学现有的四名老师每人每个月只有八九百元的工资。天红小学的教师李胜蓉说："要是张天红再找不到老师的话，这个学校就不存在了。"面临这么多的困难，张天红有时候也想过放弃。但是当他看到那一双双求知若渴的眼睛，为了不让这些孩子再走自己的老路，张天红最终还是坚持了下来。"我会尽力把学校办下去，再想其他的办法来解决办学经费问题，比如说种田。现在外出打工的人很多，他们留了些田，我把它们种起来。同时，家里还种点其他的，用它们的收入来补贴学校的开支，让学校继续运转下去。"张天红动情地说。

　　微评　　他是一名普通的乡村教师，在乡村教育这条路上走过了近二十个年头。尽管面临种种困难，但他依旧努力坚持着，而且绝对不会放弃，因为他不想让那些与自己当年一样渴求知识的孩子失学，要尽自己一切力量，为孩子们撑起一片希望的天空。

朱胜珍：
扎根凉山的"彝族妈妈"

朱胜珍，四川省雅安市石棉县希望小学教师。

一身漂亮的彝族服装，一口流利的普通话，一脸灿烂的笑容——她，就是四川省雅安市石棉县希望小学的朱胜珍老师。

1996 年，19 岁的朱胜珍从凉山彝文学校毕业，来到凉山普格县的一个小山村当起了老师。除了简陋的环境外，最让朱胜珍无法接受的是，受传统习俗影响，村里人有着不送女孩上学的落后观念。

为了让彝族女孩都能够上学，朱胜珍走村串户做起了动员工作。开始时，村民们都不理睬朱胜珍，但她没有灰心，依然坚持着挨家挨户地劝说，一次不行，就去两次、三次。吃了闭门羹，朱胜珍就在村民家门口蹲守。渐渐地，村里的人们被朱胜珍的执着和真诚打动了。三年后，朱胜珍班里的学生由 13 人增加到 45 人，学校也由原来的不足百人，发展成一所有近 400 人的村小。朱胜珍还把大部分工资拿出来，给家庭生活困难的孩子买衣买饭。在她教过的学生中，有一多半都得到过朱胜珍的资助。朱胜珍说，"只要孩子们能到学校来上课，我什么都舍得。"

记得有一个学期，朱胜珍带毕业班。这时，她被检查出心脏有问题。医生建议住院治疗，但朱胜珍放心不下班里的学生。"那时候毕业班的教学全部靠我自己，孩子们也天天盼着我回去。我就一边治疗一边给孩子们上课，一直坚持到孩子们毕业的那一天。第二天一大早，我一下子就起不来了，把我丈夫都吓坏了。120 救护车把我拉到了医院，我在医院里昏迷了一天一夜。"朱胜珍病倒了，连孩子们的毕业典礼都没能参加。

朱胜珍的付出，家长和孩子们看在眼里，记在心上。在孩子们的口中，朱胜珍是"彝族妈妈"；在家长的嘴里，朱胜珍是帮助他们的"朱好人"。

微评

参加工作十几年来，朱胜珍扎根山区，尽职尽责，默默为彝族孩子的健康成长和山区教育事业的发展奉献着自己的光和热。她用彝汉"双语教学模式"，把汉语推广到了彝族山区。"让每一个学生都健康成长"是她不懈的追求。

陈飞：
我是孩子们的"医生"和"保姆"

陈飞，贵州省毕节市大方县果宝小学特岗教师，校优秀教师。

陈飞，一位属虎的"80后"女孩，不理会城市生活的精彩，不追求高工资，2009年从贵阳学院化学教育专业毕业，来到贵州省毕节市大方县果宝小学任教，成为一名特岗教师。

从踏上讲台的那一刻起，她就一直告诫自己：要对每一位学生的人生负责，要对每一位家长负责，要对祖国的教育负责。

在学校里，陈飞有很多绰号，如"陈医生""陈保姆""陈教练"，等等。这些绰号形象地勾勒出了她的职业形象，也为她"对每一位学生负责"的誓言写下了最好的注脚。

果宝小学位于一个偏僻的小山村里，离镇上相当远，有八百余人的住校生。学生看病非常不容易。为了做到"小病不出校"，陈飞联系爱心组织，为学校配置了"爱心小药箱"，她负责给生病的学生送药、送开水。"冬天特别冷，地上冰很厚，那我也得去。孩子们在等着我，我不能让他们因为没药吃而病情加重。"为了做到对症下药以更好地服务学生，她还充分发挥自己化学专业的特长，利用课余时间查阅大量医学知识，尽自己的最大努力为学生减少病痛。

到各宿舍去"查夜"也是陈飞揽下的活儿。"主要是为了安全，看看他们都回宿舍了没有，孩子们有没有踢被子。"现在，学生们已经养成了习惯，要等陈老师查完夜才能安然入睡。"我不去看看他们，我睡不着，他们没见到我，他们也睡不着。这是我们之间的默契。"

周维富的母亲在他两岁时去世了，父亲是个哑巴。由于长期疏于管教，周维富任性、贪玩、自暴自弃，还经常打架闯祸。陈飞就利用放学和休息时间给他补课、谈心，维护他敏感的自尊，让他体会到了家人般的温暖。慢慢地，周维富的眼神变得温和了，衣服穿得规矩了、干净了，学习也认真了。"他拿着成绩单跑到我面前，跟我说'谢谢'的时候，我激动得哭了。那天我在日记里写道：'教育的根也许是苦的，但教育的果一定是甜的。作为教师，不能放弃任何一名学生，因为他们都是父母心中百分之百的希望！'"

在付出的同时，陈飞也在不断地收获着感动。2012年冬天，陈飞患了一次重感冒，但依然坚持带领学生们进行早锻炼。学生们知道后，在课间操时间把他们自己省下的"营养餐"偷偷地放在陈老师寝室的桌子上。"我打开房门，傻眼了，满桌子都是鸡蛋。要知道，这些鸡蛋他们平时都是舍不得吃，居然都送给了我。"那一刻，陈飞感觉到了孩子们对她的爱，也感受到了为人师的幸福。

四年的特岗教师生活过去了，陈飞和学生们的关系更近了。她在日记中写道："我甘心在这里默默地奉献，并苦中作乐。学校外的生活可能更精彩，但教师是一份光荣的职业，我愿意用自己的一腔热血，为我的学生撑起一片蓝天！"

　　陈飞一次次被学生感动得掉下眼泪，不是因为她脆弱，而是因为她对自己的学生、对自己的特岗教师职业爱得深沉。在这个小学中，没有惊天动地，没有豪言壮志，但我们依然感受到那温暖、那爱，如涓涓溪流，滋润心田。

陈美荣:

一缕春风沐山区

陈美荣,贵州省普安县罐子窑镇红卫小学教师。贵州省五一劳动奖章获得者。

面对一个个懵懂的孩子,面对一双双求知若渴的眼睛,她设身处地,从学生的角度去为学生规划未来。她有意识地引导孩子们朝着目标去努力,把学生的命运看成是自己的命运,心甘情愿地为学生付出。她就是陈美荣。

陈美荣刚来学校时,担任四年级的班主任和语文、数学、英语等学科的教学工作。上课第一天,她对班上的所有学生做了一次语文、英语、数学摸底测试,结果大大出乎了她的预料。全班32名学生参加了考试,有十多个学生连个位加减法都不会,乘法口诀也只有五六个学生能流利地背诵出来;会拼读拼音的只有两个学生,语文试卷仅有两个学生及格,有四个学生是零分;英语的及格率为零,仅有一个学生考了40分。面对这个结果,她暗下决心:一定要改变这种现状。

为了从根本上解决问题,她对班里的学生逐一做了家访。正是通过这次家访,陈美荣感受到了同学们生活的艰辛。其中有一个学生家住得远,每天要走两个小时才能到学校。还有两个学生的家处在麻地里。一些家长说那里有"癫子"（麻风病），外面的人一般都不会去，因为麻风病会传染。住在这里的学生去读书，会受到其他学生的歧视；他们拿东西给别人吃，也都会遭到拒绝。

2011 年的六一儿童节，学校为同学们买了几斤糖果，分发到每个人的手里也就是一颗。很多同学拿到糖后便剥开塞到嘴里。而在陈美荣所带的班级里，有十几个同学都不约而同地把糖塞到了陈老师的衣兜里，并且说："老师，您辛苦了，我们想把糖给您吃。"这些同学中就有住在麻地的于培娟。她的脸上流露出犹豫不定的神色，不是因为舍不得那颗糖，而是怕同学们说她会传染麻风病。陈美荣当着全班同学的面，让于培娟把糖剥开后放到了她的嘴里。顷刻间，于培娟的脸上露出了甜美的笑。

2011 年 12 月 22 日，陈美荣来到于培娟家做家访。于培娟的父母拉着陈美荣的手说："老师，您对我们孩子比我们做父母的还要负责。无论如何，您要在我家吃顿饭再走。"如果是在其他同学家，陈美荣是不会同意的。但在于培娟家，陈美荣爽快地答应了。于培娟的父母非常感动，因为孩子读书这些年来，到他们家家访，在他们家吃饭的，陈老师都是第一个。

吃完饭，快八点了，天已经全黑了，四处笼罩着浓雾，打着电筒也只能看到一两米远。陈美荣跌跌撞撞地行走在回学校的山间小路上。一路上人家稀少，也看不到一丝光亮，陈美荣的心里开始嘀咕，自己是不是迷路了。正着急时，她模模糊糊地听见远处有一群孩子的谈话声。其中一个女孩说："雾这么大，不知道老师会不会走迷路了，要是我们找不到老师就惨了。"另一个男孩子惊讶地叫道："你们快看，那里有亮光，是不是我们老师？""要不咱们一起喊一下，看是不是？""老师，我们是六年级的，电筒闪的地方是不是您呀？"此时此刻，一股暖流涌上陈美荣的心头，两行热泪不由自主地流过冰冷的脸庞。她用哽咽的声音回答道："是的，我是陈老师。"听到陈美荣的声音，同学们跳着、叫着向她奔了过来。

微评

她是普安县高寒山区小学盛开的一朵不平凡的"特岗花"，是一个用良心践行教育职责的爱的使者。她在平凡的工作岗位上，做着自己应该做的工作，让学生看到走出大山的曙光，看到改变命运的希望！

做党和人民满意的"四有"好老师

佘国权:
我的校园我的家

佘国权,贵州省印江土家族苗族自治县双河村教学点教师。贵州省优秀教师,贵州省总工会五一劳动奖章奖获得者,铜仁地区师德师风教育活动奖获得者,印江土家族苗族自治县优秀教师,刀坝乡委员会优秀共产党员。

贵州省印江土家族苗族自治县大山连绵、沟壑纵横。翠绿的群山中有一块不到 100 平方米的水泥硬化地面,鲜红的国旗高高飘扬,异常醒目。这就是刀坝乡双河村教学点,学校唯一的老师佘国权在这里坚守了四十余年。

刀坝乡距县城 65 公里,是典型的老、少、边、穷地区,不少学生因为路途艰险而辍学在家。1972 年,初中毕业的佘国权来到双河村教学点,"只要不让孩子们失学,再苦再累也值"成为他从教的目标。

当时的教学点是由大队的养猪场改建而成的,四面透风。为了让孩子们有一个好的学习环境,佘老师多次整修木屋,干脆搬到学校来住,孤身撑起了这间学校。2000 年,佘老师转为公办教师,工资有所提高。他就把大部分收入都花在了学校改造上,先后维修校舍、安装自来水、硬化操场。

198

除了改造校舍，佘老师另一项大的开销就是资助贫困学生。

佘老师省吃俭用，但在资助贫困生上从不吝惜钱财。据不完全统计，得到过他资助的贫困生达两百余人次，资助金额近两万元。在他的施教范围内，适龄儿童入学率达100%。他的学生有三十多人考上大中专学校，走上了不同的工作岗位。

佘老师在村里设了一个奖学金，只要村里的孩子考上高中，他每人奖励50元，考上大学每人奖励500元。目前，他已发放奖金3000多元。

双河村教学点三面环水，平常是一道难得的风景。但是，每逢下雨，学生上学就很不安全，佘老师就一个一个地背学生过河。有一次小河涨到了齐腰深，佘老师在背学生过河时，一脚踏空被冲走了三四米远，他用尽全身的力气把学生推上岸，而自己差点被洪水卷走。

如今佘老师年届六十了，加上腿脚不便，他有了力不从心的感觉，于是他自己出资2000多元，村里组织劳力在学生过往较多的小河上修建了一座长8米、宽1.5米的钢筋水泥桥，还在另一条小河上架设了木桥。这样即使下暴雨涨水，学生们不用佘老师陪着也能安全地过河了。

对学生无愧，对家乡无愧，但佘老师对自己的家人却怀有深深的愧疚。

为了确保贫困生入学，佘老师几乎倾其所有。自己的双胞胎儿子考上高中，他居然拿不出钱来供他们继续深造，两个孩子带着对父亲的怨恨南下打工，再也没回过家。思儿心切，佘老师也只能拿着与儿子七岁时的合影聊以自慰。

"我的学生都是我的孩子，我只希望他们能用知识改变自己的命运，改变家乡贫困的面貌。"佘老师把对儿子的爱全部寄托在自己的学生身上，看着他们健康成长，快乐成才。明年，学校就要通公路了，教学点也将被取消。"只要不让孩子们失学，再苦再累也值。"佘老师说，他的使命完成了，他问心无愧。

微评　从教41年，佘国权老师从一个毛头小伙变成了两鬓染霜的老人，他把自己的青春、热血无私地奉献给了大山。他爱生如子，资助贫困生；他爱校如家，不断改善办学环境；他热心社会公益事业，在大山深处谱写了一曲曲感人肺腑的奉献之歌。

尚定平：
勇于担当的教者风范

尚定平，云南省彝良县示范小学教师。2009年荣获"全国优秀教师"荣誉称号。

云南省彝良县示范小学有个老师，再调皮的学生，到他那里都会变得很听话，其他班不愿要的"问题学生"，他都乐意接收。他就是尚定平老师。

曾经一届新生中，有两个智障的学生被分到了尚定平的班级，这两名学生进校两个星期后，还找不到教室。每天，尚定平领着他们去吃早餐，有时还得带着去上厕所。家长没来接的时候，因为他们找不到回家的路，尚定平还要把他们送到家。

一年的时间下来，一些老师劝尚定平将这两个学生留级，别再拖累自己。就连这两个学生的家长都说："让他们留级吧，这样下去会毁了您的名声。"尚定平却笑笑说："他们跟我挺有缘的，我舍不得他们，还是让我带着他们吧！"

就这样，尚定平含辛茹苦地带着这两个学生，一带就是六年。虽然他们不能像正常学生那样学习，但尚定平没有放弃他们，始终坚持教他们做一些简单的练习，手把手地教他们扫地、做班务，教他们帮助老师收作业、擦黑板、拿教具……有家长说，尚老师对两个孩子的关心和爱护，已经超过了他们的父母。

尚定平多年担任班主任，深谙德育为首的教育真谛。在对独生子女的教育方面，他提出要解决独生子女"以我为中心"的思想缺陷。他坚持围绕这个问题设计教育活动方案，教育学生学会感恩，学会孝敬父母。如为父母倒杯水、捶捶背、揉揉肩、做点家务；教育学生学会关心他人、关心同学、关注有困难的同学、关爱身患残疾的同学；教育学生学会做事，从身边小事做起，从自己力所能及的事情做起，从对别人有益的事情做起。在班级中开展的"对父母说""对老师说"等感恩教育活动中，教育孩子们说真话、说实话。通过一系列的感恩教育活动，不需要滔滔不绝的说教，孩子们就领悟到了做人的道理，感受到了父母、老师的殷切期望。

2012年9月7日11时，彝良县发生5.7级地震，那时正赶上学生们刚刚放学准备离开教室。突如其来的地震，让学生们惊慌失措。此时尚定平恰好在操场上，他赶紧通过校园广播指挥学生到操场空旷的地方避震，接着又冲向教学楼，迅速跑遍了27间教室，冒着余震的危险，引导教室里的师生往操场疏散，直到整幢教学楼里没有剩下一名师生，他才最后离开。

当天12时许，彝良县再次发生5.6级地震，陆续传来的消息让尚定平意识到灾害的严重性。他向学校领导建议，将学校向社会开放，让受灾市民到学校操场和运动场避震。当天夜里，他和学校领导组织学校教师，为一万余名市民提供了避难场所，还力所能及地为陆续转移来的灾民服务。

地震第二天，学校被救灾指挥部确定为灾民安置点，尚定平又参加了安置点的管理工作，组织师生发放矿泉水、方便面，拿药，送开水，打扫卫生，陪伴灾区来的孩子、给救援队带路……彝良县示范小学成为全县秩序最好、服务最到位、灾民最满意的安置点，受到救灾指挥部的赞许。

微评

　　不抛弃，不放弃，哪怕是有智力缺陷的孩子，哪怕是别人都不愿接收的"问题学生"，哪怕会影响自己班级的成绩。尚定平老师的责任感和博大师爱堪称楷模。

杨国旺：
乡村教育的带头人

杨国旺，云南省祥云县第四中学校长。中学高级教师，曾获"全国优秀教育工作者""云南省优秀教师"等荣誉称号，获云南省五一劳动奖章。

　　在云南省祥云县有这样一位校长，为了充分发挥年级和班级教师的才能，他将管理重心下移到年级，使年级教师的团体协作精神得到充分发挥。他深信，要让学生"亲其师而信其道"，就要走近学生。他就是乡村教育的带头人，云南省祥云县第四中学校长杨国旺。

　　报考大学志愿时，杨国旺选择了师范专业，立志终身从事教育事业。他常说："我是农民的儿子，是学校和老师培养了我，我才有机会当老师、当校长。所以我们一定要把学校办好，让老百姓的子女能就近上好学校，接受优质的教育。"他是这样说的，更是这样做的。

　　针对学校生源来自农村、学习层次不一、"学困生"较多的实际，杨国旺大力推行"三生工程"：对家庭贫困学生实行救助，对学业有困难的学生进行帮辅转化，对学业优秀、有特长的学生进行促优辅导。"三生工程"发掘了每一个学生的闪光点，使学生看到了自己的长处，扬起了自信的风帆。这种个性化的教育成为祥云四中培养学生大面积成才的有效办法。

在帮辅转化学习上有困难的学生时，杨国旺总是选最难教育的学生，通过自己的转化工作为其他教师做示范。为解决家庭贫困学生的后顾之忧，杨国旺倡导成立了学校"希望工程基金"，他带头捐款，并积极向社会各界募捐。近几年来，学校"希望工程基金"每月常规救助学生 258 人，支出 9 000 多元。从 2002 年 9 月起至 2013 年 2 月，学校救助贫困生达 10 800 多人次，金额达 700 多万元，真正做到了不让一个学生因家庭贫困而辍学。

祥云四中由于历史原因，校园面积狭小，硬件设施滞后。随着办学规模的扩大和办学效益的提高，学校发展面临巨大压力。针对这种情况，杨国旺于 2004 年年初，大胆提出征地两百多亩扩建新校区的主张。经认真酝酿，学校提出了新校区建设方案，很快方案被县人民政府批准并付诸实施。因为学校地处乡镇，办学条件有限，杨国旺就带领全校师生发扬自力更生、艰苦奋斗的精神开展了建校劳动。

在建校劳动中，经常要外出购买材料，教师们开玩笑说，最怕跟杨校长出差，因为他"抠"。为了买到质量好又便宜的材料，他总是货比多家，带着大家一家家地看。买了货又自己当搬运工，自己装车卸货。他总是说，我们多省下一点钱，就可以多添置一些设备。有一次，为了铺完最后一车表面冷却而不能自动卸下的拌和沥青，他带头爬上车顶，抢镐一点点将沥青挖下，四十多吨的拌和沥青，硬是被他和老师们挖下铺完，劳动结束时已是凌晨四点多钟了。

如今，走进祥云四中校园，干净整洁的校园内处处绿树鲜花，优美的校园环境让人很难相信这是一所乡间的学校。2008 年 12 月，学校更被省教育厅、省环保局评为云南省"绿色学校"。

微评

有人说，他是天上最亮的北斗星，为学生指明了前进的方向；有人说，他是山间最清凉的山泉，用清香的甘露汁浇灌着学生的心田；有人说，他是茂盛的叶子，用他那强有力的身躯呵护着学生幼小的身体。杨国旺作为乡村教育的带头人，甘于清贫，扎根乡间，无私奉献不言悔。

刘占良：
追求教育的核心价值

刘占良，现任陕西商洛中学副校长，中学数学高级教师，商洛市高中数学学科带头人。曾获"陕西省师德标兵""全国模范教师"等荣誉称号。

自1981年加入教育战线，三十多年来，刘占良一直从事中学数学的教学和研究，形成了自己独具魅力的教学风格，成为商洛中学数学学科的领军人。

刘占良的教学以培养学生数学思维为核心，以激发学生创新思维为目的，课堂上注重学生思维能力的培养，充分调动学生，放手让学生去做、去说、去想，真正体现了学生是课堂的主体。每逢他上课，学生们都精神集中、思维活跃，他们说："听刘老师的数学课，是一种莫大的享受！"

工作之初，刘占良承担的是初中数学的教学工作。1986年，学校安排他承担高中数学教学的任务。在第一轮高中教学的三年间，他虚心向老教师学习，并认真研读相关著作，书写了12万字的学习笔记。此后，他积极致力于教学方法的探索和实践，把数学课分为概念型、探求型、习题型和讲评型四类，并辅以相应的"导、议、讲、练"等教学步骤。这一教学经验已在数学教研组中广泛地推广应用。

刘占良深知山区学生求学不易。在教育教学过程中，他对学生倾注了火热的爱心。在他的眼里没有"差生"，学生只是在认知、情感、态度上有差别。为了促使班级整体健康成长，在座位安排上，他让自制力不同、学科兴趣不同的学生相互搭配、互帮互学，有效地提高了班级整体的管理水平和学习质量。

刘占良对家庭贫困的学生也是关爱有加。当他看到这些学生衣衫单薄、用功苦读的身影时心疼不已，率先在支部会上提议党员与贫困生结对子，倡导全年级师生捐款捐衣。他还积极与商洛中级人民法院民事第三庭的法官联系，促成他们与十名学生结成长期帮扶对子，改变了这些学生的生活状况。他经常给经济困难的学生买棉衣、买鞋袜；看到体弱多病的学生难以支撑时，还给他们买水果和奶粉等营养品。

2011 年，刘占良担任负责教学工作的副校长，更是把全部精力投入到学校教学管理的方方面面。他多次带领年级管理干部和青年班主任赴外地考察交流，学习借鉴高效课堂教学和管理模式，主持研究制定了《商洛中学高效课堂实施方案》，编印《商洛中学高效课堂实施研修资料汇编》，并组织开展系列培训，积极启动实施"高效课堂"教学模式。在"高效课堂"教学的带动下，学生的综合实践能力、创新能力不断提高。2012 年，学校组织师生参加商洛市科技创新大赛并获得好成绩，共有 32 件作品获奖，学校也荣获省、市优秀组织奖。

微评 　他对教育的使命有深刻的理解。他坚持把爱作为教育的核心价值，以德立己、以德立人的思想贯穿于教育教学工作的始终，用自身言行催发学生道德品质的升华，以启发诱导促进学生知识能力的提高。

吕杰:

让更多的人成长为生产一线的栋梁之材

吕杰,甘肃钢铁职业技术学院教师,"全国教书育人楷模"。

作为酒钢(集团)公司唯一的一名女焊接高级技师,甘肃钢铁职业技术学院教师吕杰是焊接这个行业里名副其实的女中豪杰。二十多年来,她在耀眼的焊花中追逐着自己的爱与梦想。

每个人都有一个属于自己的梦想,吕杰也一样。在电焊这个属于男人的行业里,吕杰摸爬滚打了二十多年。1991年从酒钢技校毕业后,吕杰被分配到酒钢检修公司,并一直从事电焊工作。"当时没想那么多,就想着开开心心地学一门过硬的技术。"吕杰笑着说道。

"好强,不服输,还听话。"在师傅陆晓斌的印象中,吕杰具备了一个好徒弟的所有特质。

"在学习技术上我非常执着,力求完美。"吕杰把自己焊的每一道焊缝都当成一件艺术品,力争把它焊好、焊漂亮。"人就该像这焊花,无论在哪条焊缝上,都要激情四射地发出光和热。"

很快，吕杰熟练掌握了手工电弧焊、埋弧焊、CO_2 气体保护焊等多项技术，并先后考取了特种设备焊接操作人员证书、焊工技师证书、焊工高级技师证书。同时，她也因为技艺精湛，被邀请参加各种比赛，并频频获奖。

在获得了各种荣誉和掌握了多种技能后，吕杰发现，只有将自身的技艺传授给更多的人，才能创造更大的价值。于是，2009 年，她怀揣着这个美丽的梦想，走上了甘肃钢铁职业技术学院的三尺讲台，成了一名专职教师，开始负责全院电焊专业的实训工作，从一名技艺高超的女焊工，成长为一名实训教师。她说："要将自己的知识经验和技能传授给更多的人，让更多的人成长为生产一线的栋梁之材。"

在职教工作中，吕杰品尝到了作为一名教师的幸福与感动。面对学生们的信任，面对他们那渴望知识的眼神，吕杰全力以赴地投入到了自己的工作中。"我把每个学生都当成自己的孩子，从来没有因为哪个学生成绩不好而对他区别看待。"她把所有的时间和精力都给了学生们，并结合每个学生的特点，总结出了一套科学的焊接高技能人才培训方法。

吕杰大胆改革，将教学与实践紧密结合，建立了从课堂学习到系统化训练的实训平台。从教至今，吕杰指导培训的特种设备焊接操作人员已有三百余人，指导培训学生学员近四百人，其中，中级工技能鉴定合格率为 95%，高级工技能鉴定合格率为 88%，技师、高级技师技能鉴定合格率为 65%，其所在的培训班被业内人士称为"劳模班"。

　　教学，是吕杰回馈社会的一种方式。她在耀眼的焊花中追逐着爱与梦想，用一颗赤诚的心铺就学生的成才之路。她在平凡的岗位上，精心耕耘，无私奉献，就像一朵盛开的幽莲，把芳香弥散开去。

张拉毛东智：
爱校如家的"张爸爸"

张拉毛东智，甘肃省武威市天祝县代乾小学藏语文教师。荣获"全市优秀教师"称号，多次被乡党委、乡政府和乡教育辅导站评为优秀共产党员、优秀教师、先进教育工作者。

张拉毛东智，甘肃省天祝县代乾小学的藏语文教师。郝岷是他的学生，已经在他家里住了三年。张拉毛东智说："郝岷他爸爸常年在外跑车，家里只有奶奶和妈妈，接送孩子有困难，再说他们家住得也特别偏僻，在山沟里面，路又不好，雨天、雪天不太安全，所以我干脆让他住到了我家。"

张拉毛东智的女儿去年考上了大学，现在家里只剩他们夫妇俩带着郝岷一起生活。张拉毛东智笑着说："女儿走了，还有一个'儿子'陪着，挺美。"而郝岷也已经把张拉毛冬智当成自己的"爸爸"了。他说："我在张老师家吃得好，睡得好，他还给我辅导功课，像我的亲爸爸一样。"

郝岷的每一点进步，张拉毛冬智都看在眼里，喜在心头。今年，郝岷被评上了乡级优秀少先队员，张拉毛冬智说自己非常高兴，非常知足。

代乾小学位于海拔 3700 米、年均气温零下 2 摄氏度的高寒缺氧地带，是当地最为偏远的学校。1988 年，张拉毛东智从天祝民族师范学校毕业后，就来到这里从事藏语文教学工作，一干就是二十多年。2006 年学校被撤并改为教学点，目前仅有 2 位老师、12 个学生，分为学前和小学一、二年级 3 个教学班。在这种情况下，张拉毛东智身兼数职，全身心投入工作。

每天来到学校，张拉毛东智做的第一件事是到山下的河里挑水。他说："我们学校没有自来水，只能用这河里边的冰雪融化水，这水没有污染，喝起来也非常放心。"

两桶水重达 140 斤，张拉毛东智每天要挑两到三次才能满足全校师生的饮用需求。而沿着布满碎石、狭窄而陡峭的小路挑水上山是一件非常辛苦、危险的事。除了上课，他还义务担任了学校的厨师，中午时要给学生做一顿正餐。他说："现在厨师工资比较高，这笔费用学校难以承担，我来给学生做饭，就能给学校节省一部分费用，节省下的费用可以用来资助一些贫困生，还可以给予表现突出的学生一些奖励。"

自从兼任厨师后，学生们对张拉毛东智的称呼也改了，不再叫他张老师，都改口叫他"张爸爸"。每次吃完饭，总有几个学生留下来帮助张拉毛东智收拾碗筷、擦桌子、扫地，分担一些他的辛劳。学生们心疼"张爸爸"，张拉毛东智更是把学生们当成自己的孩子，他的家有 12 个学生住过。说到原因，张拉毛东智说："我们这地方，生活还属于半游牧状态，夏天以后，牧民要到很远的草场去放牧，有时候星期五下午不方便接送孩子，所以就让孩子暂时住在我们家。"

也许是爱屋及乌吧！在张拉毛东智的心中，工作了二十多年的学校早已成了自己的"家"。每年寒暑假他都主动义务守护学校，多年来学校没有发生过一次盗窃事件，而他从来没有要过一分钱护校工资。

微评

张拉毛东智老师既是学生的老师，又像学生的父亲。爱生如子的他关心着每一个学生的学习和生活。为了藏区的孩子能多学知识，多几个能走出大山，他不求名利，默默地坚守在平凡的岗位上，把学校当成了家。

张筱兑：
诗人、"大侠""老张"

张筱兑，甘肃民族师范学院历史文化系教授。甘肃民族师范学院中青年教学科研骨干，2011年获甘肃民族师范学院标志性科研成果著作类一等奖，2012年获甘肃省高校社科评奖一等奖，2012年入选甘肃省宣传文化系统"四个一批"人才。

在甘南草原，说到诗人桑子，诗歌圈里的人心中都会有一种敬意油然而生。"我读他的诗，感觉非常温暖。"河洮岷民间文学研究所的宁文忠说。

在甘肃民族师范学院，说到一位"大侠"，他的形象令人过目不忘。"他的光头，体现出他不随波逐流的风格。"甘肃民族师范学院学生扎西才让说。

在甘肃民族师范学院历史文化系，说到"老张"，教职工都说他是一个稀有动物。"平时很随和的一个人，但是一到工作上就特别认真，甚至认真得让我们觉得有点过分。"甘肃民族师范学院教师安少龙说。

其实，诗人桑子、"大侠""老张"，说的是同一个人，他就是甘肃民族师范学院历史文化系教授张筱兑。

"平安夜我和黑暗在一起，和冬天的寒冷在一起，和荣耀在一起，和坦然的微笑和内在的自由在一起……"张筱兑应学校绿苑文学社的同学邀请，来给大家讲一讲如何写诗。"你们写诗平时都怎么入手，有什么困惑吗?"张筱兑亲切地和学生们交流，没有一点教授、诗人的架子，他看起来更像是学生们的朋友。

"爱"既是诗人桑子诗歌创作的一个不变的主题，也是作为教师的张筱兑"为师之道"的根本。

学生王小忠来看望张筱兑，说起自己学校集资建房，自己刚参加工作，经济上很困难。张筱兑二话不说，拿出了两万元，这对工资不高，而且上有老下有小的他来说也是一笔不小的数目。但是他说："我知道一个男人张口是不容易的，他一定是有难处。"

在学生心目中，张筱兑不仅是浪漫的诗人，更像一位侠肝义胆的大侠，是一股可以依靠的力量，是一束能照到心里的光。

"有一次早上遇见张老师跟一个同事去上课，他一边走一边吃着馒头。"汉语系学生王婷说。不修边幅是张筱兑留给学生的另外一个印象。不过张筱兑说："自己随性是随性，但是谈不上散漫，平时做起事来，我反而是非常谨慎细心的，生怕事情做得不是那么完美。"

同事们说"老张"就像一个透明的人，他并不是不通世故，而是天性使然。张筱兑对待学术的态度十分严谨。他的著作《宋代文官集团研究》一问世就得到了学术界的一致好评，获甘肃省高校社科成果一等奖。而这部著作是他倾注了十六年的心血才完成的。写诗近三十年之后，张筱兑才出版了自己的第一部诗集。他认为这一部诗集，已足以慰藉自己的心灵了，因为这里的每一首诗都是他的心灵之作。

微评

　　张筱兑不仅是一位学识渊博的老师，更以自己的爱心和朴实无华的精神品格关怀、影响着每一个和他接触的学生，学生们都把他当成可以交心的朋友。他学风严谨，不追名、不逐利、不跟风，坚守高尚的学术品格。

周全中：
"鸡蛋老师" 的爱

　　周全中，青海省乐都县第一中学教师。2008 年被评为乐都县"助人为乐"十佳，2009 年被授予"青海省海东地区第三届劳动模范""青海省中小学教师教学能手"称号，2011 年被评为县级教学名师、青海省优秀共产党员。

　　青海省乐都县第一中学，即乐都一中，始建于 1930 年，因是青海省创建最早的中学之一而闻名。近些年，学校里也出了个远近闻名的被称作"鸡蛋老师"的人。

　　乐都县是国家级贫困县，2007 年，在离高考还有 100 天的日子里，看到班里的住校生面对高考的压力一个个面黄肌瘦、上课乏力，作为班主任的周全中焦急起来，孩子们正是长身体的时候，临近高考，他们更需要补充营养。于是，周全中决定每天给这些住校生煮一个鸡蛋，就这样，一煮就是六年。

　　为了让学生吃上新鲜的鸡蛋，周老师每天都到附近的超市买鸡蛋。日子一长，超市的工作人员都认识他了，大家都叫他"鸡蛋老师"。

　　其实，周全中的家境并不好，他出生在山区的农家，家中兄妹四人，他是老大，2007年两个妹妹和一个弟弟先后都考上大学，家里经济很紧张。对他给学生买鸡蛋的做法，家里人还是有一些意见的，但他总是一笑而过，坚定地做着自己认为该做的事。

除了煮鸡蛋，周全中高超的教学水平也是赫赫有名。走近学生心灵，把工作做到极致是周老师的追求。每天从早上6点到晚上11点，周老师除了正常的教学外，其余时间也基本都和学生们在一起，对学生每天的表现，他都做到心中有数。他口袋里总装着一个便利贴，以便随时记下学生身上的进步或存在的问题。

周全中在自己的QQ空间建立了一个日志叫"每天观察"，里面的145篇名为"和学生一同努力的日子"的文章近九万字，记载着从2012年4月到现在他和学生们一起努力拼搏迎接高考的日日夜夜，这其中有对教学的思考，有对班级管理的想法，也有对学生的鼓励……

让学生写班级日记是周全中和学生交流的另一种方式，现在他带的文科班共56名学生，其中45个是女生，女生有些话不好意思和他这位男班主任面对面地说，就在日记里写下自己的心事、困惑和问题。

现如今，随着通信手段的发展，老师与家长大多都是以电话或网络方式进行沟通，而周全中却将学生家访工作开展得有声有色。周全中几乎走遍了每个学生的家，有的他甚至去过五六次，最多的一个学生家里他竟跑了27次。

22年从教生涯，周全中当了20年班主任，他说："这中间有很多艰辛，但只要和学生在一起，只要学生每天能健康成长，我就非常快乐。"周全中总结了班主任工作的三重收获：一是知识的收获，二是人才的收获，三是和学生之间感情的收获。

微评

为师之道爱为先，师爱是打开学生心灵之门的钥匙，是班主任进行思想工作的纽带。周全中在关爱学生、奉献自己的同时，也收获了世上最沉甸甸的财富，当学生们带着感恩的心成长、成才的时候，教师才真真切切完成了"育人"的使命。

巴宗:
舍小家为大家

巴宗,西藏自治区林芝地区幼儿园园长。曾获西藏自治区优秀教师、全区优秀团干部等荣誉称号。其所在幼儿园也先后被评为全国维护妇女儿童权益先进集体、西藏自治区示范幼儿园、西藏自治区巾帼建功先进集体、林芝地区文明单位。

生命的价值是什么?人生的意义又是什么?西藏林芝地区幼儿园园长巴宗写下这样一个答案:生命的价值在于奉献,人生的意义在于把毕生精力无私奉献给幼教事业。

一次放寒假,正赶上春节藏历年节日 24 小时维稳值班,任务重、责任大。为了让老师们好好休息,陪家人过个春节,巴宗选择了自己在学校值班……鞭炮响起,巴宗在值班室里憧憬着老师们过节的场景。爱人和孩子说要过来陪她一起过年,她还安慰他们:"我在这里挺好的,这里什么都有,不用担心,你们就在家好好过年吧!"

其实,当时值班室连做饭的工具都没有,只有一个烧水壶。到该吃年夜饭的时间了，巴宗烧了一壶水，把自己的年夜饭——方便面泡上。正在等待时，爱人带着孩子来了，见此情景，女儿连忙跑过去抱着她，眼泪不住地往下流，半天才说出话来："妈妈你骗人，你不是说这里什么都有吗？怎么就吃这个？"她笑着说："我已经吃过了，是帮隔壁的门卫叔叔泡的。"女儿听了到处找门卫叔叔，可是找了半天，发现幼儿园里除了一家三口再没有别人。就这样，一家三口围着这碗还没泡好的方便面过了年……

巴宗常说："当园长不能靠发号施令过日子，要带着大家一起干，要比大家多干，要比大家多费心费力。"

巴宗把幼儿园真正当成了自己的"家"。她明白，要使幼儿教育更好地为社会主义建设服务，为培养人才打基础，就必须更新教育教学观念，加强教师业务能力建设。为此，巴宗坚持以严谨、科学的态度治学，带头加强学习和研究教育教学目标，组织全园教职工学习相关理论书籍和政策，将学习与课题研究、园本教研活动结合起来。

巴宗带领全园教职工按照教育部、自治区教育厅的相关精神，顺利开展了《全国3—6岁儿童学习与发展指南》的宣传活动，在当地广泛普及科学的幼儿保育教育知识，受到了上级部门的高度肯定和社会的一致好评。作为园长，巴宗在鼓励、支持教师成长的同时，非常注重自身素质的全面提高，从理论水平到实践能力，从专业素养到业务技能，从广博的知识面到良好的学习习惯和方法，各方面都不断充实和更新。她既做全园工作的带头人，又做全园带头工作的人。

由于巴宗的坚持付出，幼儿园从她接任时的12个教学班，增加到现在的18个教学班，幼儿人数由原来的三百多名增加到了七百多名，大大缓解了当地幼儿入园难的问题，解决了家长们的实际困难。

微评　　她有家，有爱人和孩子，但她把她所在的幼儿园才真正当作自己的"家"来守护。

普珍：
用汗水浇出的鲜花最美最香

普珍，西藏自治区拉萨中学藏族教师。1993年被西藏自治区教育厅评为先进教育工作者，1999年荣获全国中小学思想政治课优秀教师称号，2001年被评为教育厅先进工作者和西藏自治区优秀教师，2003年被教育厅评为优秀共产党员，2004年被授予全国三八红旗手称号，2004年被授予全区民族团结进步先进个人称号和全区师德标兵称号，2005年被教育厅评为优秀共产党员，2007年被评为西藏自治区名教师。

在西藏拉萨中学，有一个叫普珍的老师，二十多年来，经她教育后由后进生转化过来的学生不下一百人。学生亲切地称她为"阿妈啦"。有人问普珍，班主任工作的成功经验是什么？为什么那么多的学生喜欢你、爱戴你、崇拜你？她概括了八个字："为人师表，至诚奉献。"

为了适应飞速发展的教育形势，普珍不断给自己充电，业务学习从不间断。在学校，她虚心向同行学习；在家里，她利用一切业余时间博览群书，扩充自己的知识储备。1995年，她担任双语班的教学，由于当时没有翻译本的政治教材，她就没日没夜地大量收集资料，完整地翻译了厚厚的两本教材，对学校双语班的教学起到了举足轻重的作用，并为后来的教学工作储备了宝贵的参考资料。她精心设计的教案达八十多本，叠起来有四尺多高。她所采用的"阅读—分析—联系"教学方法以及开展政治活动课形式，是西藏自治区较早利用政治课形式进行素质教育的一种有益的探索和尝试，且取得了突出的教学效果。

在长期的班主任工作中，她形成了一套"立足学生、爱中有严、全面发展"的教育思路。特别是对基础差、经济条件差、思想道德有问题的学生，她几乎每隔一天就与他们谈心，还在生活上经常资助，帮助他们安排好生活；学习上经常鼓励，帮助他们取得好成绩。

2009 年，她班上的三个学生，由于基础太差而产生了厌学情绪，上课不认真，作业不完成，甚至旷课、逃课。普珍发现问题后，没有指责、谩骂、疏远他们，而是主动接近，耐心劝导，帮他们从基础知识抓起，并联系各科老师，共同对这三个学生进行辅导，并指定班上成绩优秀的三名学生对他们进行一帮一式的辅导。经过一个学期多方面的努力，这三个学生的成绩终于赶了上来，最终都考上了理想的大学。

普珍深知，每个学生都是渴望得到赏识的。她尊重学生应有的权利，充分相信学生，发挥学生的创造力和自我管理能力。对于琐碎而辛苦的工作，普珍从无怨言，总是那么信心百倍，她说："用汗水浇出的鲜花最美最香。"

　　她用自己的辛勤汗水浇灌了幸福之花，结出了丰硕的果实，为西藏的教育事业总结出了一套可供学习借鉴的经验，为拉萨中学乃至西藏的精神文明建设做出了可贵的贡献。她是西藏教书育人的一面旗帜。

董慧群：
能帮就帮，决不吝啬

　　董慧群，广西桂林市第一中学英语教师。

　　广西桂林市第一中学的英语教师董慧群，自 1986 年大学毕业任教以来，常年帮助困难学生渡过难关，完成学业，还先后向个人和社会捐款共计 12 万元。

　　2001 年，董慧群得知，临桂县宛田瑶族乡初一学生盘军因家庭困难而面临辍学，便主动承担起了盘军初中三年所需的全部费用，并承诺如果盘军能考上高中、大学，将继续帮助他。

　　2004 年，桂林一中的学生温冬云不幸患上了极为罕见的脊髓胶质瘤。董慧群主动帮她联系了北京的医院，还委托在京出差的丈夫带着慰问金前去看望温冬云，鼓励她战胜病魔。

　　2007 年 3 月，董慧群做出了一个令人惊讶的决定：拿出积攒的 10 万元，在学校成立一个助学基金，帮助那些品学兼优、家庭困难的学生。尽管很多人对她的这一举动表示不理解，但她依然坚持自己的初衷。在董慧群的感召下，她的亲朋好友你 5 千我 1 万地又捐助了 3.8 万元，名为"助群奖学金"的助学基金成立了。仅 2008 年，学校就有三十多名品学兼优、家庭贫困的高中学生获得了基金的奖励，其中有 11 位学生顺利跨入了大学校门。同年，桂林市教育局得知这个基金的情况后，特准桂林市第一中学开办一个县招班，面向全市 5 城区 12 个县招收贫困生。至今，学校已招收 5 届，共一百五十余名学生得到了基金的帮助。

董慧群不仅关爱困难学子，更积极参与社会公益活动。她常说："只要我们都伸出援手，再冷的冬天也会变得温暖。"

微评　有一种爱，经过无数的心手相牵而继续延伸；有一群人，将这种爱扩大至无限，让人觉得温暖。董慧群最大的心愿就是能够成为这群人中的一员，为他人排忧解难，助他人完成学业。她常说："只要我们都伸出援手，再冷的冬天也会变得温暖。"

周凤兰：
不计辛勤一砚寒

周凤兰，广西壮族自治区贺州市昭平县五将镇天保村小学教师。广西壮族自治区优秀共产党员，2012 年 2 月荣获"全国三八红旗手"荣誉称号。

1984 年，青春年少的周凤兰来到广西昭平县五将镇天保村小学担任代课老师。她把家也安在了山村寄宿小学，白天和孩子们一起上课学习、一起运动游戏，晚上和孩子们一起吃饭住校，孩子们都亲切地称她为"老师妈妈"。

天保村的农家居住分散，孩子们都要寄宿在学校。照顾寄宿生主要是帮他们洗衣服、洗澡，晚上照看他们睡觉，每晚都要巡查两三次。在师资严重不足的情况下，周凤兰独自一人承担起了照顾孩子生活起居的重任。每天傍晚，帮低年级的孩子洗澡成了周凤兰的例行工作。寄宿学校的孩子刚入学时什么都不会做，就连洗头这样简单的事都得挨个地教。一轮下来，周老师的衣服都湿透了。每个孩子换下来的脏衣服，她也要一件一件地洗干净。

在孩子们的眼中，周凤兰不仅是老师，还是他们的好妈妈。学生彭非非说：

"周老师从早上到傍晚放学的时候都像老师一样，可是一到晚上，她对我们的态度就不同了，像妈妈一样。"

"我们的学生都称她为'妈妈'。我们都很敬佩周凤兰老师，因为她做的很多工作我们都做不到。真的很佩服她。"天保村小学教师陆贤清这样说道。

在周凤兰的心里，教师这个职业已经不仅仅是备课、上课、批改作业，孩子们的吃喝拉撒睡她全得管。渐渐地，越来越多的人知道了天保村小学有个"老师妈妈"，很多家长都愿意把孩子送到这里来。四年级有一个叫黎福梅的学生，曾经这样问过周凤兰："周老师，我叫您一声周妈妈可以吗?"周凤兰说："随你怎么叫，我都喜欢。""我觉得自己就是像做一个母亲一样，去对待那些学生。不然的话，孩子们不会有这样的称呼，有发自内心的这样的感情。所以说，当听到他们这样叫时，有一股暖流流进我心里。"周凤兰说，每当孩子们喊她"妈妈"时，她都觉得，只要能让孩子们健康快乐地成长，再辛苦也值得。

一声"妈妈"，让周凤兰的心里暖暖的，而她也同样用爱去温暖着每一个孩子。

微评

冰心老人说："有了爱，就有了一切。"对于周凤兰而言，的确如此。她用爱温暖着每一个孩子，不是母亲却胜似母亲。孩子们的一声声"妈妈"，是她心灵最好的慰藉。她无愧于"光荣的人民教师"这一称谓。

隋鸿：
爱，在特教事业中收获

隋鸿，内蒙古自治区呼伦贝尔市特殊教育中心教师。曾被评为呼伦贝尔市优秀教师、呼伦贝尔市特殊教育教学能手、内蒙古自治区优秀教师、内蒙古自治区教育系统创先争优优秀共产党员等。

隋鸿很小的时候，就非常羡慕教师这个职业。但当走上特殊教育的讲台后，她惊呆了，一切与她想象的相去甚远：没有朗朗的读书声，没有欢歌笑语，有的是智障孩子呆滞的目光、聋孩子哇哇的喊叫声……

刚做班主任时，孩子们向她手舞足蹈地倾诉他们的心声。面对着一双双充满渴求的眼睛，因为学的不是特殊教育，她不知道他们说的是什么，也不知怎样表达自己的想法。她十分焦虑，进与退，成了一个时时困扰着她的问题。有一次，在和孩子们闲谈中，她说出自己想离开的想法，没想到原本还十分快乐的孩子们一下子都沉寂下来，无言地看着她，隋鸿突然从他们单纯的眼神里看到了许多，有被人拒绝后的哀伤，有深深的依恋和无助，也有一丝不易察觉的坚强……

面对这些复杂的眼神，她的心被刺痛了。在那一刻，她暗下决心要和这些特殊的孩子生活在一起，做一名开启他们内心世界的引领者。

班里有个叫黄盈的学生，听力损失程度较轻，配戴助听器补偿效果较好，能用不太清晰的口语进行交流。平时她特别开朗、活泼，可是有一段时间她沉默寡言，经常望着窗外发呆。隋鸿从侧面了解到她的母亲患有精神分裂症，父亲又不知去向。

有一天课外活动时，隋鸿发现黄盈又趴在窗口发呆，她走过去，轻轻地拍着她的肩膀问道："你有什么心事说给老师听听，老师会帮你的。"黄盈转过身来，猛地扑到隋鸿怀里哭了起来，用不太清楚的语言说："爸爸、妈妈不要我了，他们真的不要我了……"隋鸿本已不平静的内心此刻犹如刀绞一般疼痛，她对黄盈说："哭吧，孩子，把你心里所有的委屈都哭出来吧！别怕，有老师在！"黄盈哭得更伤心了，把头深深埋进隋鸿怀里。此刻，隋鸿感觉自己真的就成了黄盈的妈妈。

从那以后，隋鸿便有意识地经常和黄盈一起活动，让她感受家庭所不能给予的母爱和亲情。慢慢地，隋鸿发现笑容重新回到了黄盈那可爱的脸上，她已经把校园当成了自己的家，老师和同学已成了她最亲近的人。

如果说爱是最好的感化剂，那么，制度的约束也是隋鸿治理班级的一个法宝。在班级管理中，隋鸿采取的是"我能行、我最棒"的激励教育方法，以此来鼓励每一名学生不断上进。在班级开展以小组为单位的"阶梯式"评比，将全天的评比项目粘贴在墙上，根据学生们每天的表现，评比的位置都有小的变动。这样不仅带动了学生们上进的积极性，还增强了他们的集体意识。如果有人掉队，组内其他成员就会一起去帮助他，让他早日赶上队伍。渐渐地，那几个让老师头痛的"调皮鬼"也规矩了，知道上进了。

如今，隋鸿成了孩子们最信任的老师、最贴心的姐姐。有了困难，他们寻求隋鸿的帮助；有了苦恼，他们向她倾诉；有了喜悦，他们和她一起分享；有了收获，他们同她一起庆祝！在隋鸿的班级里，处处都能感受到孩子们的真情和阳光般的温暖。

微评　　隋鸿的情感教育、赏识教育的成功都源于"爱"。爱是一种理解，温暖受伤的心灵；爱是一种希望，点燃残疾孩子的未来；爱是一种幸福，会在孩子们的每一个细小的进步中收获成功。

李晓娟：
春蚕不倦育人心

> 李晓娟，宁夏吴忠市红寺堡区红寺堡二中教师。吴忠市优秀班主任，吴忠市十大优秀青年，教学先锋岗，红寺堡二中优秀教师等。

　　2004年6月，李晓娟以优异的成绩考入宁夏吴忠市红寺堡开发区移民新区的红寺堡二中，做了一名英语教师。刚参加工作时，李晓娟怀着美好的憧憬来到新建的红寺堡二中，但看到的却是遍地黄沙和烂砖碎瓦，教室是毛墙毛地，无窗无门，教学设施几乎一片空白。看着没有完工就已投入使用的教学楼和一堆堆半幢楼高的沙丘，她失落了，这跟她梦想的教学环境差距太大了。

　　"当年，我爸爸妈妈在老家也给我联系好了工作，我是完全可以回去的。可当看到孩子们对知识渴望的眼神和听到英语后的迷茫表情时，我心里觉得酸酸的，就暗下决心，要留在这里，要让这一群孩子在我的努力下破茧成蝶，要为农村孩子命运的改变贡献自己的力量。"李晓娟深情地说。

　　李老师所在的红寺堡区是一个移民城市，这里的孩子大多数是从宁夏南部山区迁移到此的，他们在小学没有系统地上过英语课，基础非常差。为此，李老师积极创新教学模式，第一个尝试"兵教兵"模式。在课堂教学中，借助学生的实例进行教学，生动有趣，激发了学生学习英语的兴趣。在讲解语法时，李老师会用学生的话来说，用学生的思维方式来解释，并要求学生用自己的语言记录英语笔记。

"我们有了问题和困难，第一个想到的是李老师，第一个找的也是李老师，她总是能帮我们解决问题。"李老师的学生马月说。

2013 年的一天，李老师感觉身体极度不适，为了不耽误中考毕业班的学习，李老师带病坚持工作。后来，由于腿肿无法行走且血块淤积太大，李老师不得不到医院检查，发现白细胞低至 1.9，且紫癜病情加重，脾脏继续增大，医生强烈要求她住院治疗。

"一堂课下来我腿脚就全肿了，然后我膝盖以下全部是出血点，好像被碰过磕过那样，青一块紫一块。"但李老师放不下学生，不顾家人反对毅然决定放弃住院治疗，继续坚守在课堂上。"我要坚守在讲台上，不能让我的学生因为我影响了他们的中考成绩。我工作起来真的什么都忘了，只想着我带的这些孩子需要我。在课堂上，我就感觉我的梦想、我的价值都在这里，然后就什么都忘了。"

"因为我们要中考了，李老师虽然重病在身，但坚持来为我们上课。三年的学习生活，她就像妈妈一样照顾我们，我们这些学生永远都不会忘了她。"学生王生宝动情地说。

"原来我的英语底子特别薄，是李老师一点点地帮助我，激发了我对英语的兴趣，现在我的英语成绩很好。"学生马瑜告诉记者。

现在，李老师最大的愿望就是等学生们毕业了，马上去医院积极配合医生的治疗，她要用健康的身体来回报她热爱的讲台、热爱的学生和热爱的生活。

微评

"蓬山此去无多路，青鸟殷勤为探看"，李老师在自己的三尺讲台上默默坚守着。面对烦琐的工作，挺着多病的身体，李老师坚守在讲台上，她心甘情愿地做着心中的那只青鸟！

王晓花：
一位"母亲"的大爱人生

王晓花，宁夏灵武市青少年校外活动中心体育教师。中国百名优秀母亲，全国五一劳动奖章获得者，全国劳动模范等。

王晓花是宁夏灵武市青少年校外活动中心的体育老师。1992年，王晓花家负债累累，年迈的婆婆、残疾的哥哥和年幼的女儿都需要她照顾，而她又连续两次遭遇车祸，落下了严重后遗症。就在这样困难重重的情况下，她还是坚持收养了贫困失学的纪凤梅、纪晓微、纪学军回族三姐弟。

"没有我妈就没有我们仨的今天。"大女儿纪凤梅深情地说。

二十多年来，王晓花把他们当作自己的儿女，将他们接入家中共同生活，还让他们重新回到了校园。虽然她的生活本身已经非常艰难，但她仍尽最大努力给三姐弟好的生活。

"我记得当时她刚出完车祸，在病床上好像躺了几个月，就算这样，她拄着棍子也要给我们做饭。"纪凤梅含着泪说。

在她无私的关爱和精心照顾下，纪凤梅成为灵武市第三小学的一名英语教师。二女儿纪晓微考上了国家特岗教师，现在灵武市大泉回民小学任教。女儿们说是因为晓花妈妈才有了她们今天的生活，她们要选择从事教师职业来回报晓花妈妈的爱。

"自己当老师后，在很多孩子身上看到我以前的影子，加上我妈的影响，我也想去改变那些孩子的人生。"二女儿纪晓微说。

很多王晓花的同事对她的行为很不理解，说她傻。可王晓花却说："我觉得我傻得有价值，我傻得值，我在做自己特别喜爱做的事。能够为这些贫困的孩子付出一点爱心，我打心眼里高兴。"

经历过两次车祸的王晓花身体状况特别不好，加上严重的心脏病，每天要靠大量药品维持生命。

身体不堪重负，让曾经担任体育老师的王晓花不得不放弃最爱的操场，但是离开工作岗位的她却用另一种方式关心爱护着她周围的学生们。

马哈白是王晓花资助的近百名学生中的一个，她动情地说："晓花妈妈有心脏病，但是每年冬天她都要买过冬的衣服给我们，平时定期给我们送来学习用具。老师身体不好还总是跑来跑去的，就像我们的亲妈妈一样。"

2010—2013年，王晓花走遍了灵武市十几所中小学，去寻找那些家庭生活困难、父母双亡及父母或本人残疾或患有重大疾病的孩子，尽自己最大的努力资助他们。

"晓花妈妈在我心目中是一个特别喜欢帮助别人的人，我的目标是考上好大学报效祖国，将来也做一个像她一样的人，帮助更多需要我们帮助的人。"王晓花资助的学生杨成龙说。

目前，她正在组建"爱心促进会"，希望有更多的爱心人士加入其中，去帮助更多需要帮助的贫困学生。

王晓花说："我会坚强地活下去，只要我的生命还在，只要我还有一口气，我就要坚持找下去、帮下去，我要让更多的贫困家庭和患病的孩子得到关爱。"

微评

她用那瘦小的身躯，为无数贫寒学子架起一座助学的桥梁，她用那博大的母爱、宽广的胸怀和坚强的毅力，在回汉民族的大地上谱写了一曲扶危济困、助人成才、民族团结的感人之歌。

张晓敏：
扎根山区育幼苗

　　张晓敏，宁良中卫市沙坡头区香山乡三眼井学校教师。2007年被市教育局评为"师德教育先进个人"，2008年被市教育局确定为"市级骨干教师"，2011年被市教育局评为"优秀班主任"。

　　1998年从吴忠师范毕业时，张晓敏对自己未来的工作有着美好的憧憬，但她最终被分配到距县城100公里远的香山。来到学校所在地，她惊呆了，这个生长在城市的女孩子，从没见过这么艰苦的地方，光秃秃的大山沟里散居着几十户农家，建在沟前的十几间校舍破旧不堪。

　　"我坐在班车上，看见的都是光秃秃的山，路很不好走，想起以后要在这扎根，当时就哭了，心里不是滋味，有一种冲动就是想回家。"张晓敏说。可在她收拾行李时，身边围满了天真无邪的孩子，看到那一双双充满渴望的眼睛和一张张幼稚的脸庞，她心软了，一种无形的力量使她留了下来，并开始了自己梦想的教育生涯。

　　张晓敏所在的三眼井学校是一所寄宿制学校，这里寄居着周边十几个自然村的学生，最小的只有八岁，最大的也只有十一二岁。作为班主任，张晓敏给孩子们既当老师又当家长，从学习到生活每处都要照顾得妥帖。

夏天还好，到了冬天，学生特别容易感冒、闹肚子。这时候，张老师不仅给学生生火，还把生病的学生带到家里照顾。为了给学生准备必备的应急药品，张老师医疗卡上的钱都花光了。

张老师的学生刘帆回忆说："有一次我发烧了，晚上十点多，张老师把我背到医院，陪我扎完针后又带我到她家住，一直照顾到我病好，我觉得她像妈妈一样好。"

上山十七年来，张晓敏兢兢业业，默默无闻地为山区教育事业奉献着自己的青春。在这个交通不便、生活条件艰苦的偏僻小山村里，年轻的老师来了一批又一批，走了一茬又一茬。几次她都想拿起笔写调动申请，想到这里的孩子离不开她，又放弃了。"跟我同来的很多老师都走了，现在就剩下我一个外来的教师在这里坚守着，我也想过离开，我也想过大都市的生活，跟我的家人团聚，但是每当看见这些山里孩子那一双双渴求知识的眼睛，我就舍不得离开他们。"张晓敏饱含深情地说。

"我们是农村的孩子，没有接触过城里的许多东西，我们这里也没有城里那些新鲜的玩意儿，为了开阔我们的眼界，张老师经常给我们带来一些新鲜的东西让我们学习、了解，会让我们觉得很洋气。"学生马晓红动情地说。

张晓敏在大山里坚守了十七年，如今她的孩子已经上了初中，山里没有初中，迫不得已她只能将自己的女儿托付给别人照顾。

张晓敏说："我愧对自己的女儿，我把对她的爱全给了我的学生，我的学生还小，他们更需要我的爱和照顾。我只能在心里默默地对女儿说：'原谅妈妈，这里有许多孩子需要妈妈的爱。等你长大了，你会明白的。'"

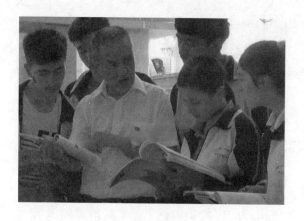

艾尔肯·巴克：
默默无闻，无私奉献

艾尔肯·巴克，新疆喀什市第一中学教师，新疆维吾尔自治区教学能手。

二十二年来，艾尔肯·巴克凭着对教师这一职业的强烈责任感，把全部身心都倾注在所热爱的教育事业上；凭着一腔矢志不渝的信念和热情，把对党的教育事业的忠诚，对本职工作的热爱，对民族团结的热心，全部默默熔铸于教育事业中。

"爱一行才能钻一行"，对教育事业的爱让艾尔肯·巴克在工作中不计得失，不懈钻研。他始终坚信：扎实的业务基础是更好地完成本职工作的必要保证。

艾尔肯·巴克说："教学是苦的，但苦中也有乐，我充分地体会到做教师的责任和乐趣。作为一名党员教师，就应该在困难面前冲上去，无论获得成功还是遇到挫折，我都会怀着对教师工作的热爱，对教育事业的忠诚，用实际行动展现当代党员教师的风采。在今后的工作中，我将继续做好教学科研和改革工作，争创一流佳绩，为培养有道德、有理想、有文化、有纪律的社会主义事业的接班人而献出自己的一份力量。"

艾尔肯·巴克老师把全部的心血都浇灌在教育事业的沃土上。在连续六届担任班主任工作的过程中，他以"诚信、平等、尊敬、负责"作为班主任工作的基本准则，用一颗"热心"取得学生的信赖，利用课余时间和学生谈话，深入了解学生心理、生活等方方面面的情况，拉近与学生的距离，并有针对性地对学生进行指导和教育，真正成为学生的良师益友。他十分注重对学生们进行"三维两反"教育、爱国主义教育、无神论教育、集体主义教育等教育，使学生们深入了解了党和政府的民族政策和教育政策，为学生树立正确的世界观、人生观和价值观奠定了基础。他经常和家长进行面谈或电话联系，获得了家长的信赖和好评。作为班主任，他在班级管理上作风严谨，使他的班级成为班风正、学风浓的集体，在多次活动中取得了优异成绩。

艾尔肯·巴克说："作为一名党员教师，转眼间我已经在教学第一线工作了二十二年。用心灵赢得心灵，是教育的最高境界，所以我要继续用爱心、耐心、关心、细心、热心来赢得学生的信任、尊重和爱戴。"

微评

　　艾尔肯·巴克在自己热爱的教育事业中找到了快乐，并在不断的教育探索和创造中把快乐升华。无论是获得成功还是遇到挫折，他都会怀着对教师工作的挚爱，对教育事业的忠诚，用实际行动展现当代人民教师的风采。

何春艳：
用一只手的力量书写教育人生

何春艳，新疆吉木萨尔县第三中学教师。曾获优秀辅导员、优秀教师、优秀班主任、巾帼楷模等称号。

　　当她用左手在黑板上流利地书写着文字的时候，在场的所有人都不禁为之一震。一笔一画，是那么整齐有力。但是，有谁知道，这每一笔背后的辛酸和付出。她用一只左手，书写着属于自己的教育人生。她就是新疆吉木萨尔县第三中学的"独臂教师"何春艳。

　　今年45岁的她，出生于一个山区农民家庭。还在襁褓中时，她就被一场无情的大火夺去了右臂。面对命运的不公，她没有退缩，没有气馁，而是变得越发坚强。她从小就用左手吃饭，用左手练习写字，用左手撑起了自己的生活。

　　1999年3月，何春艳被调到吉木萨尔县泉子街镇小西沟回民小学工作，并担任教务主任。由于这所学校的情况特殊，加之何春艳身有残疾，上任之初，亲朋好友都极力劝阻何春艳，说教务主任工作不好干，既繁杂又容易得罪人。面对亲友的劝告，何春艳心想："我身有残疾，大家都担心我，这是可以理解的。但我不能有畏难情绪，我要努力做好工作，不能辜负领导的信任。"在何春艳看来，既然选择了教育工作，就要热爱这项工作。于是，她放弃了离家较近的学校，毅然选择了离家几十里的小西沟村回民小学。

通往学校的山路崎岖不平，一旦遇上下雨的日子，路面泥泞不堪，人们走路时总是两脚泥浆、裤腿溅满泥水。冬天，坡路溜滑，行走更加艰难。但她每天都起早贪黑，步行到学校上班。早晨，她比别人早出发一小时；晚上，总是太阳落山才能回到家。就这样，她一走就是四年。

通过何春艳几年来的艰辛努力，小西沟回民小学的教学科研工作有了很大起色，教学质量也一年比一年好。

由于工作出色，2003 年 3 月，何春艳又被调到泉子街镇中心小学任教，接手了一个班风学风较差的班级。这个班的学生学习水平参差不齐，厌学的学生不少。面对这样一个现状，何春艳说："作为一名教师，我不能嫌弃学生，更不能逃避责任。我会努力把这个班带好的，让孩子们快快乐乐地成长。"

为了教育好学生，何春艳不顾身体残疾，用仅有的一只手帮助学生抬水、擦门窗、拖地。在校外，她带领学生参加社区服务，帮助农户摘红花、拾土豆。她要用自己的实际行动感召学生。

班上有个学生叫马洪兵，因家住偏远的芦草沟村，每天上学路程远，经常逃学，学习成绩很不好。何春艳花了大量的时间和精力，耐心地说服教育，并常常利用双休日到他的家里去家访，最终打消了马洪兵辍学的念头。同时，她还利用课余时间，对马洪兵进行辅导，使马洪兵的成绩有了明显的进步。

微评　　她用一只手的力量，以惊人的毅力和顽强不息的拼搏精神，谱写着华美的人生乐章，在三尺讲台上诠释着生命的意义。

刘桂清:
用真爱为盲童打开心灵的窗户

刘桂清,新疆乌鲁木齐市盲人学校教师。2012年入选新疆"感动校园十大人物"。

身为班主任的她,几十年如一日,在生活上无微不至地关心着每一个盲童。真诚的付出,换来了学生和家长对她的信任与尊重,盲童们都称她"刘妈妈"。她把发扬雷锋精神作为自己的人生追求,工作兢兢业业,任劳任怨,被称为"雷锋式的好老师"。她就是新疆乌鲁木齐市盲人学校的刘桂清。

刘桂清的班上有一个少数民族盲童,名叫赛依代。刚来时,赛依代生活自理能力差,一句汉语也听不懂。在学校里,如果没有老师和同学的带领,她哪儿也去不了,天天哭着喊着要找妈妈。为此,刘桂清每天都早早来上班,帮赛依代穿衣服。女生宿舍楼在五层,这对于患有严重哮喘病的刘桂清来说,辛苦可想而知。每次爬上楼,她都会头晕目眩,嘴唇发白,上气不接下气。但一见到赛依代,她便会马上露出微笑。虽然赛依代看不到老师的笑容,但从刘桂清的语言和动作上,她能够感受到老师的爱。慢慢地,赛依代学会了自己穿衣服、系鞋带,生活自理能力有了很大提高。

　　班里还有一个盲童叫小兵。在开学报到的那天，细心的刘桂清发现，他总是一个人钻到桌子下面悄悄地抹眼泪。从此，刘桂清开始特别关注小兵的情况。她发现，小兵不爱与老师、同学交流，上课不回答问题，总爱发呆。刘桂清有意地去接触小兵，但小兵总是刻意躲闪。开学后第三周的周六早晨，刘桂清把小兵带到了自己家里。开始的时候，小兵很拘束。于是，刘桂清拿出儿子小时候玩过的玩具给小兵玩，而且还让儿子陪着小兵一起玩。小兵开心地笑了。晚上，刘桂清给小兵洗了个热水澡，躺在床上跟他聊天，给他讲故事。看到小兵开心的样子，刘桂清的脸上洋溢着幸福的神情。

　　班上一对维吾尔族亲兄弟，整天心事重重，打不起精神。经过了解，刘桂清得知孩子的父母视力有残疾，家境非常困难。于是，她利用寒假时间，来到两个孩子位于两百多公里外的鄯善县的家里做家访。看到刘桂清来家访，这对兄弟和他们的家长都很激动。孩子的母亲紧紧地抓住刘桂清的手，询问孩子在学校的情况。孩子的父亲更是拿出家里仅有的一点肉和胡萝卜，请邻居做了清炖羊肉来招待刘桂清。临走时，刘桂清悄悄地塞给孩子100元钱。家访结束后，刘桂清决定每个星期给两个孩子30元零用钱，让他们买一些日常用品。

　　在刘桂清的悉心教育下，盲童们懂得了怎样做一个自立自强、快乐感恩、有益于社会的人；在她的耐心引导下，许多盲童走上了自尊自立的道路。她如一支蜡烛，燃烧了自己，照亮了别人。

微评

　　在孩子们的心中，她可爱、可亲、可敬，既是一位值得信任的好老师，又是一个亲密的好朋友；在家长的眼里，她是值得尊敬和信赖的人。她用真爱为盲童打开了心灵之窗，让孩子们"看"到了灿烂的暖阳。她以自己的人生实践，矗立起人生价值选择的最佳坐标。